L'ESPION
QUI AIMAIT LES LIVRES

JOHN le CARRÉ

L'ESPION
QUI AIMAIT
LES LIVRES

roman

TRADUIT DE L'ANGLAIS (GRANDE-BRETAGNE)
PAR ISABELLE PERRIN

ÉDITIONS DU SEUIL
57, rue Gaston-Tessier, Paris XIXᵉ

Ce livre est édité par Anne Freyer-Mauthner

Titre original : *Silverview*
Éditeur original : Viking/Penguin Books, Londres
ISBN original : 978-0-421-55006-9
© The Literary Estate of David Cornwell, 2021

ISBN 978-2-02-150346-3

© Éditions du Seuil, octobre 2022, pour la traduction française

Le Code de la propriété intellectuelle interdit les copies ou reproductions destinées à
une utilisation collective. Toute représentation ou reproduction intégrale ou partielle
faite par quelque procédé que ce soit, sans le consentement de l'auteur ou de ses ayants
cause, est illicite et constitue une contrefaçon sanctionnée par les articles L. 335-2 et
suivants du Code de la propriété intellectuelle.

www.seuil.com

1

À 10 heures du matin, malgré l'orage qui s'abattait sur South Audley Street, dans le quartier du West End à Londres, une jeune femme portant un anorak trop large et une écharpe en laine remontée haut sur la nuque marchait d'un pas résolu. Elle s'appelait Lily et se trouvait dans un état d'anxiété qui virait parfois à l'indignation. D'une main gantée, elle se protégeait les yeux pour scruter d'un regard noir le numéro des bâtiments, et de l'autre, elle manœuvrait une poussette équipée d'une capote en plastique dans laquelle dormait Sam, son fils de deux ans. Certaines maisons étaient si luxueuses qu'elles ne portaient même pas de numéro.

Une fois arrivée devant un porche prétentieux dont un des piliers affichait clairement, lui, un numéro peint, elle monta le perron à reculons en hissant la poussette, scruta du même regard noir la liste des noms figurant à côté des sonnettes et appuya sur le bouton du bas.

« Bonjour, veuillez pousser la porte, lui indiqua une voix de femme bienveillante dans l'interphone.

– Je veux voir Proctor. Elle a dit Proctor et personne d'autre, rétorqua Lily du tac au tac.

– Stewart arrive tout de suite », annonça la même voix rassurante.

Quelques instants plus tard, la porte s'ouvrit sur un quinquagénaire au corps délié légèrement incliné vers la gauche. Derrière ses lunettes posées sur un nez aquilin, il la regardait avec une expression interrogative assez comique, la tête penchée de côté. Il était flanqué d'une femme à laquelle ses cheveux blancs et son cardigan donnaient des allures de matrone.

« Je suis Proctor. Vous voulez que je vous aide avec la poussette ?

– Et comment je sais que c'est bien vous ? lança Lily.

– Parce que votre mère bien-aimée m'a appelé hier soir sur mon numéro privé et m'a intimé l'ordre d'être ici.

– Elle avait dit seul, objecta Lily en fusillant la matrone du regard.

– Marie s'occupe de la maison et elle a la gentillesse de m'assister quand j'en ai besoin. »

La matrone fit un pas en avant, mais Lily l'écarta de l'épaule pour entrer. Proctor referma la porte derrière elle. Dans le silence du vestibule, elle releva la capote de pluie. Le petit garçon assoupi avait les cheveux noirs et frisés, et la béatitude qui se lisait sur son visage faisait envie.

« Il n'a pas dormi de la nuit, expliqua Lily en posant une main sur le front de son fils.

– Oh, petit ange ! » s'extasia Marie.

Lily fit rouler la poussette sous l'escalier, à l'abri de la lumière, puis se pencha en avant pour sortir une grande enveloppe blanche vierge du filet fixé sous l'assise. Elle se posta ensuite face à Proctor, dont le demi-sourire lui rappelait un vieux prêtre auquel elle était censée confesser ses péchés à l'internat. Elle n'avait pas aimé cette école, elle n'avait pas aimé ce prêtre et elle n'avait pas l'intention d'aimer Proctor non plus.

« Je dois attendre ici que vous l'ayez lue, l'informa-t-elle.

– Mais bien sûr, accepta-t-il plaisamment sans la quitter des yeux. Puis-je me permettre de vous dire à quel point je suis désolé ?

– Si vous avez un message à lui transmettre, je dois le faire de vive voix. Elle ne veut pas de coups de fil, de SMS ou de mails. Ni du Service ni de personne, vous compris.

– Voilà qui est également bien triste », commenta-t-il après un moment de sombre réflexion.

Semblant soudain prendre conscience de l'enveloppe dans sa main, il la palpa de ses doigts osseux pour en évaluer le contenu.

« Eh bien, c'est un vrai roman ! s'exclama-t-il. Combien de pages, à votre avis ?

– Je n'en sais rien.

– Du papier à lettres personnalisé ? s'interrogea-t-il. Non, trop grand. Je suppose que c'est tout bêtement du papier pour imprimante.

– Je vous l'ai déjà dit, je n'ai pas regardé à l'intérieur.

– Mais oui, c'est vrai. Bon, eh bien, au travail, alors ! lança-t-il avec un petit sourire amusé qu'elle trouva désarmant. J'ai pas mal de lecture, visiblement. Vous m'excuserez si je me retire ? »

Dans un salon austère à l'autre extrémité du vestibule, Lily et Marie restèrent assises face à face dans des fauteuils en gros tissu écossais avec des accoudoirs en bois. Sur la table en verre à la surface rayée était posé un plateau en étain avec une Thermos de café et des biscuits au chocolat. Lily avait refusé l'un comme les autres.

« Alors, comment va-t-elle ? s'enquit Marie.

– Aussi bien que possible pour quelqu'un qui va mourir, merci.

– Ah, c'est terrible. C'est toujours terrible. Mais mentalement, comment va-t-elle ?

– Elle a toute sa tête, si c'est ça que vous voulez dire. Elle ne prend pas de morphine, ce n'est pas son style. Elle descend pour le dîner quand elle en a la force.

– Elle a bon appétit, j'espère ? »

Incapable d'en supporter plus, Lily retourna dans le vestibule s'occuper de Sam jusqu'à ce que Proctor vienne la chercher. Son bureau était plus petit que le salon et plus sombre, avec d'épais voilages crasseux. Soucieux de préserver une distance convenable entre eux, il se positionna à côté d'un radiateur sur le mur du fond. Lily n'aimait pas l'expression de son visage. Vous êtes l'oncologue de l'hôpital d'Ipswich et ce que vous vous apprêtez à dire est réservé à la famille proche. Vous allez m'annoncer qu'elle est mourante, mais ça je le sais déjà, alors qu'est-ce qui va me tomber dessus, encore ?

« Je pars du principe que vous connaissez le contenu de la lettre de votre mère, commença Proctor d'un ton détaché à présent bien différent de celui du prêtre auquel elle n'avait pas voulu se confesser. Enfin, l'idée générale en tout cas, sinon son contenu détaillé, ajouta-t-il en la voyant se hérisser.

– Je vous le répète, je ne connais ni l'idée générale ni le contenu détaillé, répliqua Lily d'un ton bourru. Maman ne m'en a rien dit et je ne le lui ai pas demandé. »

C'est le jeu auquel on jouait dans le dortoir à l'internat : regarder sa camarade droit dans les yeux sans cligner ni sourire le plus longtemps possible.

« Parfait, Lily, prenons les choses autrement, suggéra Proctor avec une patience horripilante. Vous ne savez pas ce que contient la lettre, vous en ignorez tout. Soit. Mais vous avez dit à Untel ou Unetelle que vous faisiez un saut à Londres pour la remettre. À qui en avez-vous parlé ? Parce qu'il est important que nous le sachions.

– Je n'ai rien dit à qui que ce soit, bordel ! s'emporta Lily sans qu'il se départisse de son impassibilité. Maman m'a dit de ne pas le faire, donc je ne l'ai pas fait.

– Lily.

– Quoi ?

– J'ignore presque tout de votre vie, mais le peu que j'en sais me laisse penser que vous êtes en couple. Qu'avez-vous dit à votre compagnon ? Ou à votre compagne, si c'est une femme ? Vous ne pouvez pas simplement vous absenter pendant une journée entière dans ces circonstances terribles sans fournir un prétexte quelconque. Quoi de plus naturel que de mentionner dans la conversation à un compagnon ou à une compagne, à un ami ou même à une simple connaissance : "Devine quoi ? Je fais un saut à Londres pour remettre en main propre une lettre super secrète de la part de ma mère" ?

– Vous me dites que c'est naturel, ça ? Pour nous ? De nous parler comme ça ? De dire ça à une simple connaissance ? Ce qui est naturel, c'est ça : Maman m'a interdit d'en parler à quiconque, alors je n'en ai pas parlé. En plus, je suis endoctrinée. Par vous autres. J'ai signé. Il y a trois ans, on m'a pointé un pistolet sur la tempe et on m'a dit que j'étais assez grande pour garder un secret. Et de toute façon, je n'ai pas de mec, et je n'ai pas non plus une bande de copines à qui je raconte ma vie. »

Le jeu du regard fixe reprit.

« Et je n'en ai pas non plus parlé à mon père, si c'est ce que vous cherchez à savoir, ajouta-t-elle comme en une confession.

– Votre mère a-t-elle exigé que vous ne lui en parliez pas ? demanda Proctor d'un ton plus incisif.

– Elle ne m'a pas dit de lui en parler, alors je ne lui en ai pas parlé. On fonctionne comme ça, chez nous. On se ménage. Chez vous aussi, peut-être.

– Bien, alors je voudrais savoir une chose, par curiosité, enchaîna Proctor sans relever. Quelle raison officielle avez-vous fournie pour votre escapade d'aujourd'hui à Londres ?

– Vous voulez dire, ma couverture ?

– Disons cela comme ça, oui, concéda Proctor, dont le visage émacié s'éclaira d'un large sourire, comme si ce concept était nouveau pour lui et le réjouissait.

– Nous cherchons une maternelle dans notre quartier. Près de mon appartement à Bloomsbury. Pour préinscrire Sam en vue de ses trois ans.

– Parfait. Et vous allez le faire, en vrai ? Je veux dire, chercher une école ? Avec Sam ? Rencontrer l'équipe enseignante et tout et tout ? L'inscrire ? interrogea Proctor, très convaincant dans le rôle du tonton concerné.

– Ça dépendra de l'état de Sam quand je pourrai partir d'ici avec lui.

– Essayez, si c'est possible. Ça rend les choses tellement plus faciles au retour.

– Plus faciles ? Vous voulez dire quoi ? Que c'est plus facile de mentir ? s'offusqua-t-elle de nouveau.

– Non, plus facile de ne pas mentir, justement, rectifia Proctor très sérieusement. Si vous dites que vous allez voir une école avec Sam et que vous y allez effectivement, quand vous rentrez à la maison et que vous dites que vous l'avez fait, où est le mensonge ? Vous avez assez de stress à gérer comme ça. Je ne sais même pas comment vous arrivez à tenir. »

Pendant un instant troublant, elle eut la certitude qu'il le pensait vraiment.

« Bref, revenons à nos moutons, reprit Proctor. Quelle réponse dois-je vous demander de rapporter à votre si courageuse maman ? Parce qu'elle la mérite, cette réponse. Elle doit l'avoir. »

Il marqua une pause comme s'il espérait un peu de soutien de la part de Lily. En vain, donc il enchaîna.

« Comme vous me l'avez précisé, il faut que ce soit de vive voix. Et en tête à tête. J'en suis vraiment désolé, Lily. J'y vais ? Notre réponse est un oui franc et massif sur tous les points. Donc trois oui au total. Son message a été pris très au sérieux. Ses inquiétudes vont entraîner des actes. Toutes ses conditions seront totalement respectées. Vous pourrez mémoriser tout ça ?

– Tant que c'est des mots simples, oui.

– Et bien sûr, un immense merci à elle pour son courage et sa loyauté. Et à vous aussi, Lily. Une fois de plus, vous avez toute ma sympathie.

– Et mon père ? Je suis censée lui raconter quoi ? » demanda Lily sans se radoucir.

Le petit sourire revint, comme un signal d'alarme.

« Ah, euh... Vous pouvez lui parler de cette maternelle que vous allez visiter, non ? Après tout, c'est pour ça que vous êtes venue à Londres aujourd'hui. »

Éclaboussée par les gouttes de pluie qui rebondissaient du trottoir, Lily marcha jusqu'à Mount Street, où elle héla un taxi et indiqua au chauffeur la gare de Liverpool Street. Peut-être avait-elle réellement eu l'intention d'aller voir cette école. Elle ne savait plus trop. Peut-être l'avait-elle

réellement annoncé la veille au soir, même si elle en doutait, parce que, à ce stade, elle avait décidé que plus jamais
elle ne se justifierait auprès de quiconque. Ou peut-être
l'idée ne lui était-elle pas venue jusqu'à ce que Proctor
la lui soutire. La seule chose qu'elle savait, c'est qu'elle
n'allait pas se taper une visite d'école pour les beaux yeux
de Proctor. Ras le bol de tout ça, et des mères mourantes
et de leurs secrets et de tout le reste.

2

Le même matin, dans une petite station balnéaire perdue sur les côtes du Suffolk, Julian Lawndsley, trente-trois ans, libraire de son état, sortit par la porte de service de son tout nouveau commerce et, serrant contre son cou le col en velours d'un pardessus noir rescapé de son ancienne vie de trader à laquelle il avait mis un terme deux mois plus tôt, partit affronter les éléments sur la plage de galets déserte en quête de l'unique café qui servait le petit-déjeuner en cette morne période de l'année.

Son humeur n'avait rien de cordial, ni envers lui-même ni envers le monde en général. La veille au soir, après des heures de remise en question solitaire, il était monté à son grenier récemment reconverti en appartement pour découvrir qu'il n'avait plus d'eau ni d'électricité. L'entrepreneur était sur boîte vocale. Plutôt que de prendre une chambre d'hôtel, à supposer qu'il en trouve une en cette saison, il avait allumé quatre grosses bougies, débouché une bouteille de vin rouge, s'en était servi un grand verre, avait empilé des couvertures sur le lit pour s'y allonger et s'était plongé dans les registres du magasin.

Sa comptabilité ne lui avait rien appris qu'il ne sût déjà. Ce nouveau départ après son abandon impulsif de la jungle de la finance virait au désastre. Et ce que les comptes ne disaient pas, il le savait très bien : il était incapable de supporter la solitude du célibat, les voix vindicatives de son passé récent ne se laissaient pas étouffer par l'éloignement, et la culture littéraire minimale requise d'un libraire digne de ce nom n'allait pas lui venir en deux mois.

Sous le ciel noir envahi par des oiseaux hurleurs se profila devant lui l'unique café, une sorte de cabanon coincé derrière une rangée de cabines de plage édouardiennes. Il avait repéré l'endroit pendant ses joggings matinaux, mais l'idée d'y entrer ne lui était jamais venue. Une enseigne verte affichait en clignotant le mot GLACE sans le S. Il tira la porte à grand-peine contre la force du vent, entra et la referma.

« Bonjour, bonjour ! cria une voix féminine chaleureuse depuis la cuisine. Vous assire où vous voulez. Je viens vite, OK ?

– D'accord, merci. »

Sous les néons s'alignaient une dizaine de tables inoccupées couvertes de nappes vichy en plastique rouge. Il en choisit une et extirpa précautionneusement le menu d'un fatras de bouteilles de sauce. La porte ouverte de la cuisine laissait échapper le baragouin d'un journaliste radio étranger. Un craquement et le bruit de pas lourds derrière lui l'informèrent de l'arrivée d'un autre client. Il jeta un coup d'œil dans le miroir mural et fut assez amusé de reconnaître le personnage haut en couleur qu'était M. Edward Avon, son client aussi sympathique qu'importun de la veille au soir – pour autant qu'on puisse appeler client quelqu'un qui ne lui avait rien acheté.

Même s'il ne voyait pas encore son visage, car Avon, avec sa bougeotte habituelle, s'affairait à accrocher son feutre à large bord et à draper son imperméable camel trempé sur le dossier d'une chaise, il ne pouvait pas ne pas reconnaître la mèche rebelle de cheveux blancs ou les doigts étonnamment délicats qui, d'un geste théâtral, sortirent un exemplaire plié du *Guardian* des tréfonds de l'imperméable et l'étalèrent sur la table devant lui.

La veille au soir, cinq minutes avant la fermeture. La librairie est déserte, comme presque tout le reste de la journée. Debout derrière la caisse, Julian totalise les maigres recettes du jour. Cela fait quelques minutes qu'il a repéré une silhouette solitaire en imperméable camel, coiffée d'un feutre et armée d'un parapluie fermé, qui fait le planton sur le trottoir d'en face. Depuis six semaines qu'il gère un commerce mal achalandé, il a appris à repérer ces badauds qui regardent la vitrine sans jamais entrer et commencent à lui taper sur le système.

Est-ce la devanture peinte en vert pomme qui rebute ce vieux monsieur, peut-être un habitant de la ville allergique aux couleurs vives ? Ou l'étalage de beaux ouvrages, avec des offres spéciales pour toutes les bourses ? Ou peut-être Bella, la stagiaire slovaque de vingt ans qui occupe souvent la vitrine pour guetter ses chéris du moment ? Non. Pour une fois, Bella s'active utilement dans la réserve à emballer les invendus pour retour à l'éditeur. Et là, ô miracle, l'homme traverse enfin la rue, il ôte son chapeau, pousse la porte du magasin et passe une tête chenue d'une soixantaine d'années à l'intérieur.

« Vous êtes fermé, informe-t-il Julian d'une voix catégorique. Vous êtes fermé, et je reviendrai un autre jour, j'insiste. »

Sauf qu'une chaussure de marche marron boueuse a déjà franchi le seuil et que sa jumelle l'imite, bientôt suivie par le parapluie.

« Non, non, nous ne sommes pas fermés, l'assure Julian, tout aussi mielleux. Techniquement, nous fermons à 17 h 30, mais nous sommes flexibles. Entrez donc, je vous en prie, et prenez tout le temps qu'il vous faut. »

Sur quoi il retourne à ses comptes tandis que l'inconnu s'applique à insérer son parapluie dans le porte-parapluies victorien et à accrocher son feutre au portemanteau lui aussi victorien, rendant ainsi hommage à la décoration rétro conçue pour attirer les nombreux seniors du coin.

« Vous cherchez quelque chose en particulier ou vous regardez, juste ? » demande Julian en montant au maximum les éclairages des étagères.

Le client semble à peine entendre la question. Son visage large et rasé de près, expressif comme celui d'un acteur, affiche une expression subjuguée.

« J'étais loin de me douter ! se récrie-t-il, indiquant d'un ample geste du bras la source de son émerveillement. Cette ville peut enfin se vanter d'avoir une véritable librairie. Ça, j'avoue que je suis épaté. Totalement épaté. »

Ayant ainsi clairement affirmé son point de vue, il se lance dans une inspection admirative des rayonnages : romans, essais, histoire locale, tourisme, classiques, religion, beaux-arts, poésie. Ici ou là, il s'arrête pour attraper un volume et le soumettre à une évaluation de bibliophile : couverture, rabat, qualité du papier, reliure, poids total et attractivité.

« Ça, j'avoue », répète-t-il.

La voix est-elle à cent pour cent anglaise ? Elle est riche, intéressante, imposante, mais la cadence ne sonne-t-elle pas très légèrement étrangère ?

« Vous avouez quoi ? » relance Julian depuis son minuscule bureau, où il consulte à présent les mails du jour.

L'inconnu reprend sur un ton différent, comme en confidence.

« Écoutez. Je suppose que votre librairie flambant neuve a connu un changement de direction. J'ai raison ou je me leurre ?

– Une nouvelle direction, oui, oui », répond Julian par la porte ouverte de son bureau.

Et il y a bien une petite pointe d'accent étranger dans la voix de l'inconnu.

« Un nouveau propriétaire aussi, peut-on supposer ?

– On peut le supposer, car c'est la vérité vraie, confirme gaiement Julian en revenant à son poste derrière la caisse.

– Alors, veuillez m'excuser, mais êtes-vous… »

L'homme s'interrompt, puis reprend d'un ton plus sévère, plus martial.

« Écoutez, j'ai besoin de savoir : seriez-vous le jeune marin en personne ? Ou bien son assistant ? Son remplaçant ? Son… je ne sais pas quoi ? »

Paraissant arriver arbitrairement à la conclusion, en partie juste, que Julian commence à s'irriter de cet interrogatoire, il reprend :

« Je vous assure que mes questions n'ont rien de personnel. C'est simplement que, votre prédécesseur peu distingué ayant baptisé sa boutique Le Vieux Marin en hommage au célèbre poème de Coleridge, vous, monsieur, en tant que successeur plus jeune et, si je puis me permettre, bien plus convenable… »

À ce stade, les deux hommes s'embarquent dans un de ces échanges d'amabilités embrouillés typiquement anglais jusqu'à ce que tout soit bien clair et net, Julian avouant que oui, en effet, il est le nouveau propriétaire-gérant, et l'inconnu demandant fort poliment la permission de prendre une de ses cartes professionnelles dans le présentoir, ce qu'il fait d'un geste expert de ses longs doigts effilés avant de la tenir à la lumière pour examiner cette preuve de ses propres yeux.

« Alors, corrigez-moi si je me trompe, je suis bien en train de parler à M. J. J. Lawndsley lui-même, seul propriétaire et gérant de la librairie Aux Bons Livres de Lawndsley ? en déduit-il, baissant le bras avec une lenteur calculée. Oui ou non ? lance-t-il avant de se tourner vivement vers Julian dans l'attente de sa réponse.

– Oui.

– Et si je puis me permettre, l'initiale J correspond à... ?

– Vous pouvez vous permettre. C'est Julian.

– Un grand empereur romain. Et oserai-je vous poser la même question sur le deuxième J ?

– Jeremy.

– Dans cet ordre ?

– Absolument.

– On vous appelle Jay-Jay ?

– Je préfère Julian, tout simplement. »

L'inconnu médite ces paroles en fronçant les sourcils, qu'il a broussailleux et d'un filasse parsemé de blanc.

« Ainsi donc, monsieur, vous êtes Julian Lawndsley en chair et en os, et moi, Dieu me pardonne, je suis Edward Avon. Avon comme la rivière du même nom. Beaucoup me surnomment Ted ou Teddy, mais pour mes pairs je suis simplement Edward. Enchanté, Julian ! déclare-t-il en tendant la main par-dessus le comptoir, une main à la poignée étonnamment ferme en dépit des doigts graciles.

– Eh bien, de même, Edward », répond allègrement Julian.

Il récupère sa main sitôt que la décence le lui permet et patiente le temps qu'Edward Avon mûrisse ostensiblement son intervention suivante.

« Julian, me permettez-vous de vous dire quelque chose de personnel et de potentiellement offensant ?

– Du moment que ce n'est pas trop personnel, répond prudemment Julian sans se départir de son ton badin.

– Bien. Oserai-je, en toute modestie, vous faire une petite recommandation concernant votre stock par ailleurs fort impressionnant ?

– Mais je vous en prie, répond courtoisement Julian en voyant le nuage menaçant s'éloigner.

– Il s'agit là d'un jugement totalement personnel qui reflète uniquement mon propre avis sur la question, comprenez-le bien. Or donc, mon opinion mûrement réfléchie est qu'un rayon "histoire locale" dans ce magnifique comté, et d'ailleurs dans n'importe quel autre comté du pays, ne saurait être complet sans *Les Anneaux de Saturne* de Sebald. Mais je vois que vous ne connaissez pas Sebald. »

À quoi donc voit-il cela ? se demande Julian tout en avouant que le nom lui est en effet inconnu, d'autant plus qu'Edward Avon l'a prononcé à l'allemande : *Zébalt*.

« Je dois vous avertir d'entrée de jeu que *Les Anneaux de Saturne* n'est pas un guide touristique au sens où vous et moi pouvons l'entendre. Mais je suis trop pompeux. Me pardonnerez-vous ? »

Il le pardonnera.

« *Les Anneaux de Saturne* est un tour de force littéraire, un voyage spirituel qui débute dans les marches du Suffolk et embrasse tout l'héritage culturel européen jusqu'à sa destruction. Sebald, W. G., précise-t-il en utilisant cette fois-ci la prononciation anglaise pour permettre à Julian de noter. Ancien professeur de littérature européenne dans notre université d'East Anglia, dépressif comme les meilleurs d'entre nous et aujourd'hui décédé, hélas. Qu'il repose en paix.

– Qu'il repose en paix, répète Julian, toujours occupé à noter la référence.

– Mais je m'éternise, monsieur. Je ne vous ai rien acheté. Je ne suis bon à rien et je suis émerveillé. Bonsoir, monsieur. Bonsoir, Julian. Je souhaite le meilleur à votre magnifique jeune entreprise ! Mais attendez voir, c'est un sous-sol que vous avez là ? »

Ses yeux se sont posés sur un colimaçon en partie caché derrière un paravent victorien dans un coin du rayon « Promotions, tout doit disparaître ».

« Oui, mais il est vide, répond Julian en reprenant ses comptes.

– Mais enfin, Julian, vide ! Pourquoi donc ? Dans une librairie, il ne peut pas y avoir d'espaces vides !

– J'y réfléchis encore, pour tout vous dire. Je ferai peut-être un rayon d'occasion. Nous verrons, conclut-il en commençant à se lasser.

– Je peux y jeter un coup d'œil ? insiste Avon. Juste par curiosité. Vous m'y autorisez ? »

A-t-il vraiment le choix ?

« L'interrupteur est à main gauche quand vous descendez. Attention à la marche. »

Avec une agilité qui surprend Julian, Edward Avon disparaît dans le colimaçon. Julian tend l'oreille, attend, n'entend rien et s'étonne lui-même d'avoir accédé à la demande de cet homme à l'évidence fou comme un lapin.

Aussi prestement qu'il a disparu, Avon réapparaît.

« Magnifique ! s'extasie-t-il. Un écrin idéal pour des joyaux à venir. Je vous félicite chaleureusement. Et une fois de plus, bonsoir !
– Je peux vous demander ce que vous faites dans la vie ? lui lance Julian alors qu'Avon se dirige vers la porte.
– Moi, monsieur ?
– Oui, vous. Écrivain ? Artiste ? Journaliste ? Prof de fac ? J'aurais sans doute dû le deviner, mais je suis nouveau dans ce métier. »
La question semble le laisser aussi perplexe que Julian.
« Eh bien…, commence-t-il après avoir mûrement réfléchi. Disons que je suis un sang-mêlé britannique à la retraite, un ancien universitaire de peu de renom, un factotum de la vie. Cela vous convient-il, comme réponse ?
– Je m'en contenterai.
– Je vous souhaite donc le bonsoir, déclare Edward Avon en lui lançant un dernier regard nostalgique depuis la porte.
– Bien le bonsoir ! » répond gaiement Julian.
Edward Avon-comme-la-rivière coiffe alors son feutre, en rectifie l'inclinaison puis, parapluie en main, s'enfonce bravement dans la nuit. Mais pas avant que Julian n'ait humé une bouffée des relents d'alcool portés par son haleine.

« Vous êtes décidé sur quoi manger, jeune homme ? » demandait la patronne à Julian avec un fort accent des Balkans.
Avant qu'il ait pu répondre, ce fut la voix bien timbrée d'Edward Avon qui résonna, couvrant le fracas des

bourrasques et les craquements et grincements des frêles parois de la paillotte.

« Bonjour à vous, cher Julian ! J'espère que vous avez bien dormi malgré la tourmente ? Puis-je vous recommander une des divines omelettes d'Adrianna ? Elle les réussit à la perfection.

– Ah, très bien, merci, répondit Julian, pas encore prêt à utiliser le prénom d'Edward. Je vais essayer. Avec du pain de campagne grillé et du thé, s'il vous plaît, ajouta-t-il à l'intention de l'opulente maîtresse des lieux.

– Vous voulez baveux, comme Edvard ?

– Baveuse, c'est très bien, répondit-il avant de dire à Avon d'un ton résigné : Vous venez souvent ici ?

– Quand l'envie m'en prend. Adrianna est l'un des secrets les mieux gardés de notre ville, n'est-ce pas, très chère ? »

Malgré toutes les fioritures verbales, sa voix sembla à Julian un peu fatiguée ce matin, ce qui pouvait se comprendre en repensant à son haleine de la veille au soir.

Adrianna repartit d'un pas lourd mais guilleret dans sa cuisine. Une trêve maladroite s'ensuivit, emplie par les hurlements du vent marin et les gémissements de la paillotte soumise à sa furie. Edward était plongé dans son exemplaire du *Guardian* tandis que Julian se contentait de fixer du regard la vitrine martelée par la pluie.

« Julian ?

– Oui, Edward ?

– Coïncidence incroyable, j'étais ami avec feu votre père si regretté. »

Nouveau paquet de pluie.

« Ah vraiment ? Incroyable, en effet ! répondit Julian en parfait gentleman anglais.

L'ESPION QUI AIMAIT LES LIVRES

– Nous étions codétenus dans la même école privée épouvantable. Henry Kenneth Lawndsley, le grand H. K., comme le surnommaient affectueusement ses amis.

– Il disait souvent que ses années d'école avaient été les plus heureuses de sa vie, lâcha Julian, sceptique.

– Hélas, quand on connaît la vie de ce pauvre homme, on peut en conclure que c'était là la triste vérité. »

Ensuite, plus rien sinon le mugissement du vent et le flot de paroles incompréhensibles de la radio dans la cuisine. Julian se surprit à éprouver un besoin urgent de retourner à cette librairie vide où il ne se sentait pas encore chez lui.

« Sans doute, concéda-t-il d'une voix blanche, heureux de voir Adrianna approcher avec l'omelette baveuse et la théière.

– Vous me permettez de me joindre à vous ? »

Sans attendre d'autorisation, Avon s'était déjà levé, café à la main. Julian ne savait pas ce qui l'étonnait le plus : l'évidente connaissance qu'avait l'homme de la triste vie de son père, ou ses yeux rougis enfoncés dans leurs orbites, ses joues sillonnées de rides de douleur et couvertes d'un début de barbe argentée. Si c'était là l'effet de la cuite de la veille, elle avait dû être d'une force sans pareille.

« Votre père vous a-t-il jamais parlé de moi ? demanda-t-il une fois assis, se penchant en avant pour implorer Julian de ses yeux marron hagards. Avon ? Teddy Avon ? »

Julian n'en avait pas souvenir, désolé.

« Le Club des patriciens ? Il ne vous a pas parlé des patriciens ?

– Ah si ! s'écria Julian, ses dernières réticences l'abandonnant pour le meilleur ou pour le pire. Le club de débat qui n'a jamais vu le jour. Créé par mon père et interdit au bout d'une demi-réunion. Il a failli se faire virer à cause de ça, d'après ce qu'il en dit, ou plutôt en disait. »

Cette dernière précision se voulait prudente, car les récits de son père ne passaient pas toujours la rampe de la véracité.

« H. K. était président du club et moi vice-président. Ils ont failli me virer, moi aussi. Je regrette qu'ils ne l'aient pas fait, d'ailleurs, commenta Avon en buvant une gorgée de son café noir à présent froid. Anarchisme, bolchevisme, trotskisme... Dès lors qu'une idéologie faisait enrager l'establishment, on se précipitait pour l'adopter.

– Oui, il racontait à peu près ça, lui aussi. »

Chacun attendit que l'autre abatte sa prochaine carte.

« Et après, hélas, votre père est parti à Oxford, finit par dire Avon avec un frisson théâtral, une mise en sourdine de sa voix fatiguée et un grotesque haussement de ses sourcils broussailleux jusqu'aux cieux, suivi par un regard en coin pour voir comment Julian réagissait. C'est là qu'il est tombé entre les mains de... »

Il s'interrompit pour placer sa propre main sur l'avant-bras de Julian en un geste de commisération avant de reprendre.

« Mais peut-être avez-vous des convictions religieuses, Julian ?

– Non, affirma Julian, qui sentait la colère monter.

– Je peux poursuivre, alors ?

– C'est là que mon père est tombé entre les mains d'une bande de manipulateurs évangéliques financés par des Américains, avec coupes en brosse et cravates chics, qui l'ont expédié sur une montagne suisse et l'ont converti en un chrétien cracheur de feu. C'est ça que vous vous apprêtiez à dire ?

– Peut-être pas en des termes si crus, mais je n'aurais pas pu le formuler mieux. Et vous n'avez réellement pas de convictions religieuses ?

– Vraiment pas.

– Alors, vous avez les fondements de la sagesse à portée de main. Ce pauvre garçon, je le revois à Oxford, "heureux comme un roi", m'écrivait-il, avec toute sa vie devant lui, des filles à gogo (oui, c'était son faible, et pourquoi non ?) et à la fin de sa deuxième année...

– Ils lui avaient mis le grappin dessus, c'est bon ? l'interrompit Julian. Et dix ans après avoir été ordonné dans la sainte église anglicane, il a abjuré depuis sa chaire devant ses ouailles dominicales réunies : "Moi, révérend H. K. Lawndsley, clerc des ordres saints, déclare en ce jour que Dieu n'existe pas, amen." C'est ça que vous vouliez dire ? »

Edward Avon allait-il suggérer qu'ils s'étendent à présent sur la vie sexuelle foisonnante de son père et ses autres errements, largement relayés par la presse à scandale de l'époque ? Allait-il réclamer les détails scabreux sur l'expulsion du presbytère des Lawndsley, famille jadis fière se retrouvant soudain à la rue sans un sou vaillant ? Ou l'abandon par Julian, au lendemain de la mort prématurée de son père, de tout espoir d'aller à l'université et son recrutement comme coursier dans une maison de négoce de la City appartenant à un oncle éloigné, afin de parvenir à rembourser les dettes de son père et à nourrir sa mère ? Parce que, si tel était le cas, Julian prendrait la porte dans les vingt secondes.

Mais l'expression d'Edward Avon, loin de toute curiosité mal placée, se résumait à la commisération la plus sincère.

« Vous y étiez, Julian ?

– Où ça ?

– Dans l'église.

– Il se trouve que oui. Et vous, vous étiez où ?

– J'aurais tant voulu être à son côté. Dès que j'ai lu ce qui lui était arrivé, un peu tard hélas, je lui ai écrit pour lui proposer toute mon aide, quelle qu'elle soit. Mon amitié, mes ressources… »

Julian s'accorda un moment pour réfléchir à ces propos. « Vous lui avez écrit ? répéta-t-il d'un ton perplexe, sentant revenir le spectre de ses doutes antérieurs. Vous a-t-il répondu ?

– Je n'ai jamais reçu de réponse et je n'en méritais pas. La dernière fois que nous nous étions vus, je l'avais traité de cul-bénit. J'aurais eu mauvaise grâce à m'offusquer de son silence. Rien ne nous donne le droit d'offenser la foi d'autrui, si absurde puisse-t-elle nous paraître. Vous êtes d'accord ?

– Sans doute.

– Évidemment, quand H. K. a abjuré, je me suis senti fier de lui. De même que, de façon indirecte, je me sens très fier de vous, Julian, si je peux me permettre.

– Pardon ? s'exclama Julian sans pouvoir s'empêcher de s'esclaffer. Vous voulez dire parce que je suis le fils de H. K. et que j'ai ouvert une librairie ? »

Mais Edward Avon n'y voyait pas matière à rire.

« Non, parce que, comme votre cher père, vous avez trouvé le courage de faire défection : lui à Dieu et vous à Mammon.

– C'est censé vouloir dire quoi ?

– J'ai cru comprendre que vous étiez un riche trader de la City il y a peu encore.

– Qui vous a raconté ça ? demanda Julian d'un ton buté.

– Hier soir après avoir quitté votre boutique, j'ai obtenu de Celia qu'elle me laisse utiliser son ordinateur. Et tout me fut aussitôt révélé, pour ma plus grande tristesse : la mort à cinquante ans de votre pauvre père, un fils unique, Julian Jeremy.

– Celia, c'est votre épouse ?

– Non, Celia de Celia Brocante, votre distinguée voisine dans la grand-rue. Le lieu de rencontre de notre population en constante augmentation de riches Londoniens qui viennent pour le week-end.

– Mais pourquoi vous êtes-vous cru obligé d'aller en douce chez Celia ? Pourquoi ne pas m'en avoir parlé à la librairie ?

– J'étais partagé, comme vous l'auriez été. J'avais de l'espoir, mais pas de certitude.

– Et vous étiez aussi passablement éméché, si je me souviens bien.

– C'est le nom du magasin qui m'a attiré l'œil, poursuivit Avon sans relever. Je ne savais que trop bien quel scandale avait éclaté, mais j'en ignorais les suites et la mort de votre pauvre père. Si vous étiez bien le fils de H. K., j'imaginais sans mal à quel point vous aviez souffert.

– Et ce que vous appelez ma "défection" ? insista Julian sans se laisser apaiser.

– Celia a mentionné en passant que vous aviez renoncé du jour au lendemain à un emploi très lucratif dans la City, et elle en restait stupéfaite, ce que l'on peut comprendre. »

À ce stade de la conversation, Julian aurait aimé revenir un peu sur l'affirmation d'Edward Avon selon laquelle il aurait offert tout ce qu'il possédait à son père quand celui-ci traversait une mauvaise passe, mais Edward Avon avait autre chose en tête. Il s'était remarquablement ressaisi. Ses yeux brillaient d'une nouvelle ardeur et sa voix avait recouvré toute la suavité de son timbre.

« Julian, au nom de votre cher père, et puisque la providence nous a réunis deux fois en l'espace de quelques heures… Avez-vous réfléchi à tous les trésors que pourrait contenir votre magnifique et vaste sous-sol, au miracle que cela pourrait être ?

– Euh, eh bien non, pour tout dire, je n'y ai pas réfléchi, Edward. Pourquoi ? Vous, si ?

– Je ne pense qu'à cela ou presque depuis notre rencontre.

– Je suis ravi de l'apprendre, répondit Julian non sans une dose de scepticisme.

– Supposons que vous installiez dans ce splendide espace encore vierge quelque chose de si novateur, de si attirant, de si original que tous les clients lettrés ou voulant le devenir dans le coin en parleraient.

– Supposons.

– Pas un vulgaire rayon de livres d'occasion. Pas un dépôt arbitraire d'ouvrages sans intérêt, mais un écrin pour une sélection soigneuse des plus grands esprits de notre temps et de tous les temps. Un lieu où l'on pourrait venir en ne sachant rien et d'où l'on repartirait plus grand, plus riche et avide de plus. Pourquoi ce sourire ? »

Un lieu où un type qui vient de s'autodésigner libraire, avant de comprendre que cette profession requiert des aptitudes et connaissances spécifiques, pourrait les acquérir l'air de rien tout en paraissant les sortir de son stock pour ses clients reconnaissants…

Mais alors même que cette pensée indigne lui venait, Julian commençait à croire en ce projet, sans pour autant vouloir l'avouer à son interlocuteur.

« On aurait dit une homélie de mon père, à l'instant. Désolé, poursuivez donc.

– Il y aura évidemment les grands romanciers, mais aussi les philosophes, les libres penseurs, les fondateurs de grands mouvements, y compris ceux que nous abhorrons peut-être. Choisis non par la main glacée de la bureaucratie culturelle en place, mais par Aux Livres Encore Meilleurs de Lawndsley. Et on l'appellerait...

– Oui, justement, on l'appellerait comment ? » demanda Julian, pris de court.

Avon marqua une pause pour ménager ses effets.

« Nous la baptiserons La République de la Littérature », déclara-t-il avant de se carrer dans son siège, les bras croisés, pour observer la réaction de son champion.

À la vérité, même si Julian avait initialement trouvé ce boniment ampoulé à l'extrême, sans compter qu'il jouait avec une acuité suspecte sur ses complexes en matière de bagage culturel et trahissait la présomption monstrueuse de cet homme dont il persistait à sérieusement mettre en doute la crédibilité, la grande vision d'Edward Avon parlait droit à son cœur et aux motivations qui l'avaient poussé à choisir d'être là où il était.

La République de la Littérature ?

Voilà qui lui plaisait. Très évocateur. Classe, mais avec un attrait universel. Banco !

Il aurait même osé une réponse plus enthousiaste que son « Intéressant, je vais y réfléchir » typique du trader de la City si Edward Avon ne s'était déjà levé pour récupérer son feutre, son imperméable camel et son parapluie avant de se diriger vers le comptoir, où il se lança dans une grande conversation avec la volubile Adrianna.

Mais en quelle langue ?

Julian crut y reconnaître celle du présentateur à la radio. Edward Avon la parlait, Adrianna riait et lui répondait. Edward se dirigea vers la porte en riant lui aussi, puis il se tourna vers Julian et lui adressa un dernier sourire épuisé.

« Je ne suis pas au mieux, en ce moment. J'espère que vous me pardonnerez. J'étais vraiment ravi de rencontrer le fils de H. K.

– Je n'avais pas remarqué. Et je vous ai même trouvé très convaincant sur La République de la Littérature. Je me disais que vous pourriez passer, un jour, et me donner quelques conseils.

– Moi ?

– Pourquoi pas ? »

Quand un homme connaît Sebald, a enseigné à l'université, adore les livres et a du temps devant lui, pourquoi pas, en effet ?

« Je vais ouvrir un café au premier étage, poursuivit Julian d'un ton affable. La semaine prochaine, avec un peu de chance. Passez donc jeter un coup d'œil, et nous pourrons discuter.

– Mon cher ami, quelle offre généreuse ! Je ferai tout mon possible. »

Edward Avon repartit dans la tempête, quelques mèches de cheveux blancs s'échappant de sous son feutre, tandis que Julian se dirigeait vers la caisse.

« Vous ne pas aimer votre omelette, monsieur ?

– Si, si, au contraire, mais c'était très copieux. Dites-moi, vous parliez quelle langue, tous les deux ?

– Avec Edvard ?

– Oui, avec Edvard.

– Polonais, monsieur. Edvard est un vrai Polonais, vous ne pas savoir ?

– Non.

– Si, si. Très triste maintenant. Sa femme est malade. Elle meurt bientôt. Vous ne pas savoir ?

– Je ne suis pas ici depuis longtemps.

— Mon Kiril, c'est infirmier. Il travaille l'hôpital Ipswich. Il me raconte. Elle ne parle plus à Edvard. Elle l'a jeté.
— Sa femme l'a jeté ?
— Peut-être elle veut mourir seule. Des gens, ils font ça. Ils veulent juste mourir et aller au paradis.
— Sa femme est polonaise ?
— Ah non ! répondit-elle en riant. Elle, c'est la grande dame anglaise, précisa-t-elle en soulevant le bout de son nez de son index pour mimer le snobisme. Vous voulez la monnaie ?
— Non, non, gardez tout. Merci beaucoup. Et compliments pour l'omelette. »

De retour dans la sécurité de son magasin, Julian est sous le choc. Il en a connu, en son temps, des arnaqueurs, mais si Edward en est un, il les bat tous à plate couture. Serait-il concevable qu'il ait poireauté sous une averse à 8 heures du matin juste au cas où Julian sortirait de son magasin, puis l'ait suivi jusqu'au café d'Adrianna dans le but exprès de le harponner ? Avon peut-il être cette silhouette courbée s'abritant sous un parapluie qu'il avait repérée sous un porche un peu plus loin dans la rue ?

Mais à quelle fin ?

Et si le pire que puisse vouloir Avon est de la compagnie, Julian n'a-t-il pas le devoir de la fournir au vieux camarade d'école de son père, d'autant que sa femme mourante l'a « jeté » ?

Et surtout, comment Edward Avon ou quiconque aurait-il pu savoir que l'eau et l'électricité ont été coupées chez Julian ?

Honteux de ses pensées indignes, Julian se repent en harcelant par téléphone plusieurs artisans injoignables, puis s'installe à son ordinateur et consulte le site de l'école privée de son père dans le West Country, actuellement sous le coup d'une enquête pour maltraitance sur enfants.

Il trouve confirmation qu'un AVON, Ted (*sic*) figure dans les registres en tant qu'« arrivant tardif » dans la terminale de l'école. Durée de la scolarité : une année.

Il entreprend ensuite une série de recherches infructueuses, d'abord sur « Edward Avon », puis sur « Edward Avon, universitaire », puis sur « Edvard Avon, polonais ». Pas de résultat concordant.

L'annuaire local ne comprend aucun Avon. Il essaie un annuaire en ligne : numéro sur liste rouge.

À midi, des ouvriers débarquent à l'improviste et restent jusqu'en milieu d'après-midi. Tout rentre dans l'ordre. Le soir venu, Julian feuillette les commandes en souffrance de livres rares et d'occasion passées auprès de son prédécesseur et tombe par hasard sur une carte cornée indiquant AVON, sans initiale, ni adresse, ni numéro.

Ledit AVON, homme ou femme, recherche tout ouvrage broché en état correct d'un certain Chomsky, N. Sans doute quelque obscur compatriote polonais, songe-t-il avec dédain. Il s'apprête à jeter la carte, mais se ravise et fait une recherche sur Chomsky, N.

Noam Chomsky, auteur d'une centaine d'ouvrages. Philosophe analytique spécialiste de logique et chercheur en sciences cognitives, militant pourfendeur de la politique étrangère et du capitalisme d'État américains, plusieurs fois emprisonné. Considéré comme le plus brillant intellectuel au monde et le père de la linguistique moderne.

Contrit, Julian va se coucher après son habituel repas en solitaire dans sa cuisine ressuscitée et se découvre incapable de se concentrer sur un autre sujet qu'Edward ou Edvard Avon, dont il a l'impression d'avoir rencontré deux versions irréconciliables. Combien d'autres y en aura-t-il ?

Il finit par s'endormir en se demandant s'il n'aurait pas découvert en lui-même le besoin refoulé d'une autre figure paternelle et en concluant qu'une seule lui a largement suffi, merci beaucoup.

3

C'était le jour J, le grand jour que Stewart Proctor et son épouse Ellen attendaient avec impatience depuis un mois : le vingt et unième anniversaire de leurs jumeaux Jack et Katie, qui, par une intervention de la providence, tombait un samedi. Trois générations de Proctor, de l'oncle Ben âgé de quatre-vingt-sept ans au neveu Timothy âgé de trois mois, avaient convergé vers la vaste maison fonctionnelle de Stewart et Ellen, nichée dans un beau parc au cœur des collines du Berkshire.

Jamais les membres de la famille Proctor ne se seraient décrits comme appartenant à la grande bourgeoisie. Même le mot « establishment » les hérissait, sans parler des « classes privilégiées », expression aussi atroce que « les élites ». Dans cette dynastie blanche du sud prospère de l'Angleterre aux idées de centre gauche, attachée à la valeur de l'effort, pétrie de principes et investie à tous les niveaux de la société, on ne parlait jamais de sa fortune placée dans des fidéicommis. On envoyait les enfants étudier dans le privé, les meilleurs à Winchester, les suivants à Marlborough, et quelques autres ici ou là dans une école publique par nécessité ou par principe. Les jours d'élection, personne ne votait conservateur – ou alors, on se gardait bien de le dire.

Au dernier recensement, les Proctor comptaient deux éminents juges, deux avocats-conseils de la reine, trois médecins, un rédacteur en chef de grand quotidien national, aucun homme politique (Dieu merci !) et une palanquée d'espions. Un oncle de Stewart avait été agent des visas à Lisbonne pendant la guerre, et chacun sait bien ce que cela signifie. Aux tout premiers temps de la guerre froide, la brebis galeuse de la famille avait reçu une jolie médaille pour avoir levé une armée rebelle de pacotille en Albanie.

Quant aux dames Proctor, à la grande époque, quasiment toutes œuvraient au décryptage à Bletchley Park ou au QG de Wormwood Scrubs. Comme toutes les familles de ce genre, les Proctor apprenaient dès le berceau que les services secrets constituent le sanctuaire spirituel des classes dirigeantes britanniques. Cette certitude, que jamais personne n'énonçait explicitement, les enracinait encore plus solidement dans le pays.

À moins d'être vulgaire, personne ne demandait jamais à Stewart ce qu'il faisait ni pourquoi, à cinquante-cinq ans, après avoir passé un quart de siècle au Foreign Office, à Londres ou dans différents postes diplomatiques, il n'était pas encore ambassadeur quelque part ou sous-secrétaire permanent d'un comité ou sir Stewart.

Mais on savait.

Telle était donc la famille assemblée en ce samedi de printemps ensoleillé pour boire du Pimm's et du prosecco, jouer à des jeux stupides et célébrer le double anniversaire des jumeaux. Étudiants de troisième année, le frère en biologie et la sœur en lettres modernes, Jack et Katie avaient réussi à s'échapper de leurs universités respectives pour arriver dès le vendredi soir et aider leur mère en cuisine à mariner les ailes de poulet, préparer les côtelettes, aller chercher du charbon de bois et des sacs de glaçons tout en s'assurant constamment qu'Ellen ne manquait pas de gin tonic parce que, même si elle n'avait rien d'une alcoolique, elle jurait ses grands dieux qu'elle ne saurait cuisiner sans un bon gin-to à portée de main.

Seule la partie de la pelouse réservée au croquet n'avait pas été tondue, conformément au diktat de Stewart, qui comptait s'en occuper dès son retour de Londres par le train quittant la gare de Paddington à 19 h 20. Mais quand le jour déclina, Jack prit la décision opérationnelle de s'en charger, parce que, en raison de « petits soucis au boulot », comme disait la famille, Stewart allait devoir passer la nuit à l'appartement de Dolphin Square avant d'attraper « l'express potron-minet » (autre expression familiale consacrée) le lendemain matin.

Une certaine tension s'installa donc – allait-il pouvoir rentrer ou les « petits soucis au boulot » allaient-ils le coincer à Londres ? – jusqu'à ce que, ô joie !, à 9 heures pile le samedi matin, la vieille Volvo verte arrive en pétaradant sur la colline depuis la gare de Hungerford, avec au volant un Stewart pas rasé mais souriant et agitant la main comme un pilote de course après le drapeau à damier. Ellen courut au premier lui faire couler un bain, Katie s'écria « Il est là, Maman ! » et s'empressa de lui préparer des œufs au bacon, ce à quoi sa mère réagit en lançant : « Laisse-le respirer un peu, enfin ! » car Ellen n'était jamais plus irlandaise que dans les moments de joyeux affolement.

Et maintenant, la fête battait son plein : au rythme de la musique rock diffusée à pleine puissance par l'enceinte que Jack avait branchée avec une rallonge dans le salon, des invités dansaient sur la terrasse en bois près de la piscine spartiate (un Proctor ne chauffe pas sa piscine) ; un jeu de boules dans l'ancien bac à sable des jumeaux se déroulait en même temps qu'une partie de croquet à six enfants par équipe ; Jack et Katie s'activaient devant le barbecue avec leurs camarades d'université ; superbe en robe longue et gilet, ses légendaires cheveux auburn coiffés d'un chapeau de paille, Ellen se prélassait comme une douairière dans un transat pour se remettre de son intense labeur ; quant à Stewart, il s'éclipsait à intervalles réguliers pour rejoindre l'ancienne arrière-cuisine devenue son antre et utiliser son téléphone vert ultrasécurisé (ce qui ne l'empêchait pas de bien choisir ses mots et de les économiser), puis réapparaissait quelques minutes plus tard, égal à lui-même dans son rôle d'hôte enjoué, discret et attentionné, toujours un mot pour la vieille tante ou le nouveau voisin, repérant le verre de Pimm's à remplir d'urgence ou récupérant prestement une bouteille vide de prosecco sur laquelle un invité risquait de trébucher.

La fraîcheur du soir venant, en comité restreint à la famille proche et aux compagnes et compagnons, ce fut encore Stewart qui, après une autre visite éclair à l'ancienne arrière-cuisine, s'installa au Bechstein qui trônait dans le petit salon pour interpréter, comme en chaque grande occasion, la chanson de l'hippopotame, rendue célèbre par le duo comique Flanders and Swann, et, en bis, l'exhortation de Noël Coward à Mrs Worthington (« À deux genoux, je vous en supplie, Mrs Worthington ») de ne surtout pas faire monter sa fille sur scène.

Et les jeunes reprirent en chœur, et une douce odeur de marijuana s'éleva subrepticement dans l'air, et Stewart et Ellen firent semblant de ne rien remarquer avant de soudain découvrir qu'ils étaient épuisés et, avec un « Il est temps d'aller coucher les vieux, vous voudrez bien nous excuser ? », de se retirer dans leur chambre à l'étage.

*

« Allez, Stewart, accouche, à la fin ! lance très aimablement Ellen avec son débit rapide d'Irlandaise une fois assise face au miroir de sa coiffeuse. Tu es sur des charbons ardents depuis ton retour ce matin.

– Mais pas du tout ! proteste-t-il. J'ai été la star de cette fête, je n'ai jamais mieux chanté de ma vie, j'ai passé une demi-heure à parler à ta chère tante Meghan et j'ai écrabouillé Jack au croquet. Que te faut-il de plus ? »

Ellen entreprend avec une délibération calculée de retirer ses boucles d'oreilles en diamant. Elle dévisse d'abord le fermoir derrière chaque lobe, puis les dépose dans leur écrin à doublure de satin et le range dans le tiroir de gauche de sa coiffeuse.

« Regarde-toi donc ! Tu y es toujours, sur tes charbons ardents. Tu n'es même pas déshabillé.

– J'attends un appel à 23 heures sur le téléphone vert et je préfère mourir plutôt que de me balader dans la maison en robe de chambre et chaussons devant les jeunes. J'aurais l'impression d'avoir quatre-vingt-dix ans.

– Alors, c'est quel genre de crise, cette fois-ci ? On va tous y passer dans un attentat à la bombe, c'est ça ?

– Ce n'est sans doute rien du tout. Tu me connais, je suis payé pour m'inquiéter.

– Ça, j'espère qu'on te paye grassement, Stewart, parce que je ne t'ai pas vu dans cet état, et de loin, depuis Buenos Aires. »

Buenos Aires, où il était chef adjoint de la Station à la veille de la guerre des Malouines et elle son numéro 2 officieux. Ellen, ancienne étudiante de Trinity College à Dublin, est aussi une ancienne du Service, ce qui, aux yeux de Proctor et de la moitié dudit Service, est le seul type d'épouse acceptable.

« Non, là, pas de guerre en vue, désolé », répond-il, toujours sur le ton du badinage, si c'est bien de cela qu'il s'agit.

Ellen présente une joue à son miroir et y étale du démaquillant.

« Encore un dossier de sécurité intérieure ?
– Oui.
– Tu as le droit de m'en parler sans m'en parler, ou même pas ?
– Même pas. »

L'autre joue, maintenant.

« Et ta cible, c'est une femme ? Tu t'es mis en mode tombeur, ça se lit sur ton visage. »

Au bout de vingt-cinq ans de mariage, Proctor s'émerveille encore chaque jour du don d'Ellen pour la clairvoyance.

« Puisque tu veux savoir, oui, il s'agit d'une femme.
– Une agente du Service ?
– Joker.
– Une ancienne du Service ?
– Joker.
– Quelqu'un qu'on connaît ?
– Joker.
– Tu as couché avec elle ? »

Jamais au fil de toutes leurs années de mariage elle ne lui a posé cette question. Alors pourquoi ce soir ? Et pourquoi juste une semaine avant de s'embarquer pour son voyage tant attendu en Turquie sous les auspices de son ridiculement beau et jeune prof d'archéologie à l'université de Reading ?

« Pas dans mon souvenir, non, répond-il d'un ton léger. À ce qui se raconte, la dame en question ne couche qu'avec des VIP. »

Facile, et trop proche de la vérité. Je n'aurais pas dû dire ça.

Ellen ôte une épingle et laisse cascader ses incomparables cheveux auburn sur ses épaules nues en une manœuvre pratiquée par toutes les belles femmes depuis la nuit des temps.

« Eh bien, fais attention à toi, Stewart, dit-elle à son propre reflet. Tu prends le potron-minet demain matin ?

– Ça m'en a tout l'air, oui.

– Je vais peut-être dire aux enfants que c'est une réunion Cobra. Ça leur plaira.

– Mais ce n'est pas une réunion Cobra, enfin, Ellen ! » proteste inutilement Proctor.

Elle repère une trace sous un de ses yeux et la nettoie avec un disque démaquillant.

« Et j'espère que tu ne vas pas traîner toute la nuit dans l'arrière-cuisine, hein, Stewart ? Parce que ce serait vraiment du gâchis. Pour moi comme pour toi. »

Traversant la maison qui résonne de cris de liesse à tous les étages, Proctor se rend dans son arrière-cuisine. Le téléphone vert est posé sur un billot rouge qui ressemble à une boîte à lettres de la poste. Lors de son installation voici cinq ans, dans un moment de fantaisie, Ellen a posé un couvre-théière dessus pour le tenir au chaud. Il y est toujours.

4

La semaine qui suit les deux rencontres de Julian avec Edward Avon ne manque pas de distractions.

Une demande de permis de construire faite en sous-main par un voisin menace de priver la remise de la librairie de sa seule source de lumière.

En rentrant un soir d'une conférence de bibliothécaires locaux, il trouve non pas Bella, mais une librairie fermée et, posée sur la caisse, une carte de remerciements fleurie qui lui révèle son amour éternel pour un pêcheur néerlandais.

Et dans le précieux sous-sol, à présent clairement affecté dans l'esprit de Julian à La République de la Littérature, on diagnostique un problème d'humidité.

Malgré toutes ces calamités, il ne cesse de repenser aux nombreux visages du camarade d'école de feu son père. Trop souvent il croit voir l'ombre en imperméable d'Edward passer devant la librairie sans tourner la tête sous son feutre. Pourquoi ce satané bonhomme n'entre-t-il pas pour regarder les rayons ? Il n'y a aucune obligation d'achat, Edward, Edvard ou qui que vous puissiez être.

Plus il rumine le grand projet d'Edward, plus il y croit. Mais le nom est-il bien adapté ? Ne fait-il pas un peu intello, finalement ? La République des Lecteurs ne serait-il pas plus attractif ? Ou La Nouvelle République des Lecteurs ? La République des Lecteurs de Lawndsley ? Ou encore plus simple, La République littéraire ?

Sans en parler à personne, puisqu'il n'a pas d'Edward à qui en parler, Julian se rend à une imprimerie d'Ipswich, où il demande plusieurs maquettes pour une pleine page de publicité dans la feuille de chou locale. Le premier nom proposé par Edward reste le meilleur.

Malgré tout, dans ses moments de déprime, il en veut au même Edward pour ses théories indiscrètes concernant son père et lui-même.

Moi, faire défection à la City ? N'importe quoi ! J'étais un prédateur assumé dès le premier jour, pas du tout un converti. Je suis venu, j'ai pris, j'ai conquis, je suis parti. Point final.

Quant à mon regretté père, soit. On peut éventuellement considérer qu'il a fait défection à la religion. Mais bon, une fois qu'on a baisé la moitié des dames pieuses de sa paroisse, il est sans doute temps de divorcer de Dieu par consentement mutuel.

Et cette touchante offre d'amitié, d'argent et de soutien qu'Edward Avon dit avoir faite à son vieux pote H. K. dans son heure de détresse, tout ce que Julian en pense, c'est : la prochaine fois qu'on se voit, prouvez-le !

Parce que, quoi qu'on puisse dire du révérend H. K. Lawndsley (sorti sur blessure), quand il s'agissait d'accumuler des vieilleries sans intérêt, il n'avait pas son pareil. Rien n'était jugé trop insignifiant pour être conservé à l'intention de ses futurs biographes putatifs : brouillons de sermons, factures impayées, lettres d'une maîtresse éconduite, d'un mari cocu, de fournisseurs ou de l'évêque, rien n'échappait à ses rets narcissiques.

Cachée ici ou là dans la montagne de détritus, oui, une rare lettre d'un des amis qu'il avait réussi à garder. Et une ou deux offraient en effet de l'aide. Mais de son ancien copain d'école Edward, Edvard, Ted ou Teddy, pas un mot. C'est cette incohérence, associée à une furieuse impatience de lancer La République de la Littérature dès que le problème d'humidité serait réglé, qui pousse Julian à faire taire ses derniers scrupules et à passer voir sa camarade commerçante du réseau de la grand-rue, Miss Celia Merridew de Celia Brocante, sous le prétexte de discuter avec elle de la résurrection du défunt festival artistique de la ville.

La soixantaine bien tassée, elle l'attendait sur le pas de sa porte sous un soleil improbable, bien campée sur ses deux pieds, cigarillo au bec. Elle s'était attifée d'un kimono orange et vert perroquet, avait couvert son opulente poitrine de colliers de perles brillantes et relevé en chignon avec des peignes japonais ses cheveux teints au henné.

« Vous n'aurez pas un sou, jeune homme ! » le prévint-elle d'un ton joyeux quand il arriva.

Julian l'assura qu'il venait uniquement chercher son soutien moral.

« Vous n'avez pas frappé à la bonne porte, chéri. La morale et moi, ça fait deux. Venez dans mon salon boire un gin. »

Une affiche manuscrite scotchée sur la porte en verre indiquait : CASTRATION GRATUITE POUR LES CHATS. Son salon était une arrière-boutique puante où s'entassaient des meubles cassés, des horloges poussiéreuses et des chouettes empaillées. D'un réfrigérateur antédiluvien, elle sortit une théière en argent avec une étiquette de prix accrochée à la poignée et versa une concoction à base de gin dans deux gobelets sur piédouche victoriens. Sa bête noire du jour était le nouveau supermarché.

« Ils vont vous foutre sur la paille et moi avec, prédit-elle de sa voix rocailleuse du Lancashire. C'est tout ce qu'ils veulent, ces salopards : faire mettre la clé sous la porte aux honnêtes petits commerçants. Dès qu'ils verront que vous gagnez un minimum de fric, ils ouvriront un rayon livres XXL et ils ne s'arrêteront pas tant que vous ne serez pas devenu un magasin caritatif. Enfin bon, bref. Alors, ce festival ? J'ai entendu parler des bourdons qui volent alors qu'ils ne devraient pas, mais j'ai jamais entendu parler de bourdons morts qui se remettent à voler. »

Julian lui servit son boniment parfaitement rodé : il envisageait de constituer un groupe de travail informel pour explorer toutes les options. Celia accepterait-elle d'en faire partie ?

« Seulement si mon Bernard est là pour me tenir la main », prévint-elle.

Bernard, son prince consort : maraîcher, franc-maçon, agent immobilier à temps partiel et président du Comité communal de planification. Julian l'assura que la présence de Bernard serait une bénédiction.

Puis on parla de tout et de rien le temps que Julian permette à Celia de le jauger. Et Jones, l'épicier, qui se présente aux élections municipales quand tout le monde sauf sa femme sait que sa maîtresse a un polichinelle dans le tiroir ? Et ces logements bon marché qu'ils construisent derrière l'église, là, qui donc va pouvoir se les offrir une fois que les agents immobiliers et les notaires en auront croqué ?

« Alors comme ça, on sort d'école privée, chéri ? demanda Celia en le toisant de la tête aux pieds de ses petits yeux perçants avec un air satisfait. Vous êtes allé à Eton, j'imagine, comme les ministres. »

Non, Celia. Élève du public.

« Ah, pourtant vous parlez rudement classe. Comme mon Bernard. Et j'imagine que vous avez une charmante petite amie, non ? » poursuivit-elle sans vergogne dans le cadre de son évaluation.

Pas en ce moment, non. Je suis entre deux, disons.

« Mais votre truc, c'est bien les filles, quand même, chéri ? »

Absolument, convint-il tout en dosant son enthousiasme, car elle s'était penchée en avant de façon suggestive pour le resservir de gin.

« Voyez-vous, j'ai entendu une ou deux choses sur vous, mon jeune monsieur. Plus que je ne le laisse croire, si je suis honnête, et il se trouve que je le suis. Un gros requin de la finance. Une star dans son domaine, à ce qu'on dit. Et avec plus d'amis que d'ennemis, ce qui est paraît-il inhabituel dans l'impitoyable jungle de la City. Comment vont les affaires, chéri, ou vaut mieux pas tirer sur l'ambulance ? » continua-t-elle en relevant sa jupe longue pour croiser les jambes en minaudant avant de boire une gorgée de son gin.

Ce qui fut l'occasion pour Julian, avec quelques détours pour brouiller les pistes, d'en arriver par un heureux hasard au sujet amusant de ce client excentrique qui s'était pointé dans sa librairie à la fermeture après avoir bu un ou deux verres, sinon plus, l'avait inspectée de la cave au grenier en lui tirant les vers du nez pendant une demi-heure sans lui acheter le moindre livre et qui s'était avéré être…

Il n'eut pas besoin d'en dire plus.

« Ah, mais c'est mon Teddy, ça, chéri ! se récria Celia. Il était aux anges ! Il est venu tout droit ici faire ses recherches sur internet. Mais quand il a appris que votre papa était décédé, avec tous les soucis qu'il a déjà ces temps-ci, misère ! ajouta-t-elle en secouant la tête, ce que Julian comprit comme une référence combinée à feu son père et à la femme agonisante d'Edward. Mon pauvre, pauvre Teddy, poursuivit-elle alors que ses yeux en boutons de bottine se posaient une nouvelle fois sur Julian pour le dévisager, avant d'enchaîner avec une innocence travaillée : Vous n'avez pas eu affaire à lui du tout quand vous étiez une grosse légume de la City, chéri ? Directement ou indirectement, dirons-nous ? De loin, comme on dit là-bas je crois ?

– Affaire à Edward Avon dans la City ? Je l'ai seulement rencontré il y a quelques jours et je suis tombé sur lui par hasard au petit-déjeuner. Pourquoi ? demanda-t-il, pris d'un mauvais pressentiment. Vous n'êtes pas en train de me dire de me méfier de lui, si ? »

Ignorant sa question, Celia vrilla sur lui ses yeux perçants.

« Vous voyez, chéri, M. Edward Avon est un très bon ami à moi, dit-elle d'un ton lourd de sous-entendus. Un ami très spécial.

– Je ne cherche pas à en savoir plus, Celia, s'empressa de préciser Julian sans qu'elle relève.

– Plus spécial que vous pourriez le croire. Il n'y a pas beaucoup de gens qui savent ça, à part mon Bernard, annonça-t-elle avant de boire une gorgée de gin sans le quitter des yeux. Mais ça ne me dérangerait pas que vous le sachiez, vous voyez, avec tous les contacts impressionnants que vous avez à la City, si j'étais sûre de pouvoir compter sur vous pour tenir votre langue. Et je pourrais même vous donner une part du gâteau au final, même si, à ce qu'on

dit, vous avez déjà un assez joli matelas. Mais est-ce que je peux ? Voilà la question.
- Compter sur moi ?
- C'est ce que je vous demande.
- Eh bien, à vous d'en juger, Celia », dit pieusement Julian, à présent certain que rien n'allait l'arrêter de toute façon.

C'était une très longue histoire, le prévint-elle. Cela remontait à dix ans, maintenant, quand Teddy avait passé cette porte par un beau matin ensoleillé avec un sac de courses bourré de papier de soie. Il en avait sorti une coupe en porcelaine chinoise, l'avait posée sur le comptoir et avait demandé à combien elle l'estimait, en fourchette haute.

« J'achète ou je vends ? je lui fais, vu que je le connais pas. C'est vrai, lui il débarque ici, il me sort je suis Teddy comme si on avait élevé les cochons ensemble alors que moi je l'ai jamais vu de ma vie. Donc ce que vous voulez, c'est une estimation gratuite, je lui dis, eh ben c'est pas comme ça que je gagne ma vie. Je prends un demi pour cent de la somme que je vous donnerai. Allons, Celia, ne me faites pas ça, je veux juste une vague idée. Si c'est moi qui achète, je lui dis, ce serait dix livres, et encore, je suis généreuse. Vous m'en donnez dix mille et il est à vous, qu'il me répond. Et là, il me montre l'estimation de Sotheby's : huit mille livres. OK, mais moi je savais pas qui c'était, hein. Ça aurait pu être un escroc. Et puis il est un peu étranger. Sans compter que j'y connais foutre rien à la porcelaine bleu et blanc de la dynastie Ming, moi, ça se voit au premier coup d'œil à ma vitrine. Et d'abord, vous êtes qui ? je lui dis. Avon, qu'il répond, prénom Edward. Tiens donc, que je dis, le Avon qui a épousé la Deborah Garton de Silverview ? Lui-même, mais appelez-moi Teddy, qu'il me sort. Il est comme ça, Teddy.

– Silverview ?

– Une grande maison très sombre à l'autre bout de la ville, chéri. À mi-hauteur de la colline du château d'eau. Un très beau jardin, enfin, dans le temps. À l'époque du colonel, elle s'appelait The Maples, jusqu'à ce que Deborah en hérite. Maintenant, c'est Silverview, je sais pas pourquoi.

– Le colonel ? répéta Julian, qui peinait à imaginer Edward dans ce cadre improbable.

– Le père de Deborah, chéri. Bienfaiteur de la ville, collectionneur, fondateur et mécène de la bibliothèque municipale, les mains baladeuses. Mon Bernard avait un contrat avec lui pour l'entretien du jardin et la fourniture de plantes. Deborah le fait encore venir de temps en temps. Et c'est à elle que le colonel a légué toutes ses belles porcelaines bleu et blanc, continua Celia avec un soupir accablé. Une collection grand luxe, comme on dit.

– Donc quand Teddy a débarqué chez vous ce jour-là, il espérait vous fourguer discrètement une pièce Ming de la famille, avança Julian, qui vit alors la bouche de Celia s'ouvrir et se fermer en une expression horrifiée.

– Teddy ? Détourner l'héritage de sa propre femme ? Jamais de la vie, chéri ! Il est droit comme la justice, mon Teddy, et qu'on vienne pas me dire le contraire. »

Ainsi remis à sa place, Julian attendit qu'elle lui explique de quoi il retournait vraiment.

« Non, ce qui s'est passé, c'est que, avec toutes les économies qui lui restaient de ses années d'enseignement à l'étranger dans des endroits où vous et moi on voudrait même pas être vus morts, quand Deborah était en déplacement pour ses ONG et quoi qu'est-ce, Teddy voulait consacrer sa retraite à améliorer la collection déjà grand luxe du colonel en faisant des échanges ou de nouvelles acquisitions. Et il voulait que sa Celia soit son intermédiaire, sa chasseuse de têtes, sa chargée d'achats et sa représentante, sur la base d'une confidentialité absolue et éternelle, avec une commission annuelle minimum de deux mille livres cash de la main à la main et un pourcentage à fixer sur le chiffre d'affaires annuel, en cash ou en nature, sans que personne n'aille déranger les impôts. Qu'est-ce qu'elle en pense, ma Celia ? Et vous, vous en auriez pensé quoi ?

– Tout ça en un seul passage à votre magasin ? s'étonna Julian tout en se rappelant la vitesse affolante avec laquelle Edward était devenu le cofondateur et futur consultant de La République de la Littérature en l'espace d'une omelette au fromage.

– Trois, chéri, le corrigea-t-elle. Le deuxième l'après-midi même, et le troisième le lendemain matin. Il a deux mille livres en billets de dix dans une enveloppe, il les avait préparés pour le moment où je dirais oui, et il y aura une com pour moi chaque fois qu'il conclut une affaire, à lui de décider de combien, ce à quoi je peux pas redire grand-chose vu que c'est lui qui s'occupera de tout en coulisse.

– Et vous avez accepté ?

– J'ai dit qu'il fallait que je demande à mon Bernard. Et puis après, j'ai dit ce que j'aurais dû dire bien avant si je l'avais mieux connu : Pourquoi diable vous êtes venu me voir moi, enfin ? Parce que, de la porcelaine chinoise bleu et blanc de première bourre, ça se vend pas plus que ça s'achète dans une boutique de caramels, pas vrai ? Sans compter que de nos jours, tout passe par les ordinateurs et eBay, et moi j'en ai même pas d'ordinateur et je sais encore moins m'en servir. Pour ça, on est des mormons, Bernard et moi, et on en est fiers, que je lui ai dit. Tout le monde en ville le sait, qu'on est des mormons. Eh ben, ça l'a pas dérangé pour un sou. Il m'a dit qu'il le savait avant de venir et qu'il avait tout prévu dans sa tête. Ma chère Celia, vous n'aurez pas à lever le petit doigt en dehors d'être qui vous êtes. Je vous accompagnerai à chaque étape. J'achèterai un ordinateur, je l'installerai et je m'en chargerai. Je repérerai les pièces à acheter ou à vendre. J'analyserai les prix aux enchères. Tout ce que je demande, c'est que, grâce à mes conseils, vous soyez ma voix, ma façade quand j'en aurai besoin, parce que j'aime vivre dans l'ombre, et hop, ma retraite sera assurée. »

Celia fit une petite moue et but une gorgée de gin avant de tirer une bouffée de son cigarillo.

« Et vous avez fonctionné comme ça tous les deux pendant dix ans, c'est ça ? s'étonna Julian. Teddy gère la vente et vous touchez votre fixe et vos commissions ? »

La stupéfaction de Julian ne fit que s'accentuer, car l'humeur de Celia s'assombrit de façon radicale.

Tout s'était passé comme sur des roulettes dès le début et pendant dix longues années. L'ordinateur était dûment arrivé et avait reçu sa petite place à lui – là-bas, chéri, sur le bonheur-du-jour, à moins de deux mètres d'où vous êtes assis. Edward passait quand cela lui chantait, mais pas tous les jours en tout cas, et des fois même pas toutes les semaines. Il s'asseyait sur ce fauteuil là-bas avec tous ses catalogues et ses revues professionnelles, il tapotait sur son clavier et il partageait un gin avec Celia, qui prenait les appels et jouait les femmes de paille.

Chaque mois, qu'il vente ou qu'il neige, une enveloppe l'attendait et elle ne recomptait même pas, tant leur confiance mutuelle était forte. Et si Edward s'absentait pour affaires, ce qui arrivait parfois, elle recevait son enveloppe en recommandé, souvent avec un petit mot doux lui disant que ses beaux yeux lui manquaient ou une bêtise du genre, parce que Teddy savait sortir le grand jeu et qu'il avait dû faire des ravages dans sa jeunesse.

« Il s'absentait pour quel genre d'affaires, Celia ?

– À l'international, chéri. Dans l'enseignement et autres trucs du genre. Edward est un intellectuel », répondit-elle d'un ton hautain.

Nouveau soupir, réajustement de son décolleté au cas où elle donnerait des idées à Julian par erreur, puis passage au moment qui avait mis fin à ses dix années de paradis.

C'est dimanche soir, la semaine dernière. À 23 heures, le téléphone sonne. Celia et Bernard sont installés devant la télé. Celia décroche. Son imitation de Deborah Avon combine son propre accent du Lancashire avec un anglais façon reine Elizabeth :

« Bonsoir, suis-je bien en communication avec Celia Merridew ? Ben oui, Deborah, c'est moi Celia, que je réponds. Très bien, je souhaite vous informer qu'Edward et moi-même avons décidé de nous défaire de notre collection de porcelaine chinoise bleu et blanc dans les plus brefs délais. Euh, vous en défaire, Deborah ? Pas votre collection grand luxe ? Si, Celia, c'est cela. Nous souhaitons la voir quitter notre maison, de préférence demain au plus tard. Alors je dis, OK, Deborah, mais on la stocke où, nous ? Parce qu'on laisse pas traîner toute une nuit une collection grand luxe devant n'importe quel vieux bout de mur ! Eh bien, Celia, étant donné que vous vous êtes fait une petite fortune grâce à Edward au fil de toutes ces années et puisqu'il m'assure que vous avez largement la place, ne pourriez-vous pas la stocker dans votre arrière-boutique ? Non, toi, tu peux te la caser dans ton arrière-boutique, que j'ai pensé, mais évidemment je l'ai pas dit à cause de ce pauvre Teddy. Le lendemain après-midi, à 16 heures sur convocation de Sa Majesté, nous v'là à Maples, enfin bon, Silverview. Bernard a ses caisses de transport et ses copeaux de bois, moi mon papier de soie et mon papier bulle. Teddy nous attend à la porte, blanc comme un linge, et son altesse est au premier dans son boudoir avec sa musique classique à fond. »

Celia s'interrompit, mais pas bien longtemps.

« Oui, bon, je sais bien qu'elle est malade. Je suis désolée pour elle. Ils ne forment certainement pas le couple parfait, mais je ne souhaiterais pas ce qu'elle a à mon pire ennemi. Toute la maison empeste. On sait même pas à cause de quoi, sauf qu'en fait on sait. »

Julian comprit ce qu'elle voulait dire. Celia se consola avec une gorgée de gin.

« Donc discrètement, je dis à Teddy mais qu'est-ce qui se passe, Teddy ? Rien de particulier, Celia. Deborah et moi, au vu de sa terrible maladie, avons décidé de ne plus faire d'acquisitions, voilà tout. Bon, le temps que Bernard et moi on rapporte tout à la boutique, il est minuit passé, et moi, tout ce que j'ai en tête, c'est : et pour l'assurance, avec tous ces Roumains et ces Bulgares qui écument nos campagnes ? Alors Bernard s'improvise un lit avec une pile de couvertures posées à même le sol, et moi je m'allonge sur ce sofa victorien là-bas. À midi, Teddy m'appelle, alors qu'il aime pas le téléphone, normalement. Nos intermédiaires vont s'occuper eux-mêmes du transport, Celia. Deborah envisage une vente privée en temps et en heure, ce qui est son bon droit. Veuillez m'informer de ce que je vous dois pour le débarras et l'assurance. Teddy, l'argent je m'en fiche, moi, je suis comme ça. Mais dites-moi ce qui se passe. Celia, je vous l'ai déjà dit. Nous avons renoncé aux acquisitions, voilà tout. »

En avait-elle terminé ? Apparemment oui, et elle attendait que Julian prenne la parole.

« Et Bernard, qu'en pense-t-il ?

– Qu'elle a besoin d'argent pour ses frais médicaux. Moi je dis c'est des conneries. Elle a l'argent de son père, sa couverture santé privée, Dieu sait quoi d'autre encore avec ses postes dans les ONG. Si elle revendait sa collection grand luxe, elle aurait de quoi se racheter au moins trois hôpitaux ! lâcha Celia avec mépris en écrasant son cigarillo. Alors, vous en dites quoi, monsieur Julian, vous qui êtes si malin ? Parce que si vous êtes bien le brillant jeune homme qu'on dit que vous êtes, et vu que notre Teddy est le camarade d'école de votre papa, et qu'il ne veut plus rien savoir de son ancienne meilleure amie Celia en raison de l'affreuse maladie de sa femme, et que moi j'ai trop de tact pour aller l'embêter dans une période si dure, peut-être que vous, vous aurez des infos, assena-t-elle, très remontée à en juger par ses joues soudain en feu et le volume de sa voix. Que ce soit de Teddy ou d'un de vos nombreux amis et admirateurs de la City concernant la dispersion d'une collection unique de magnifique porcelaine chinoise bleu et blanc. Peut-être qu'un de ces millionnaires chinois qu'on voit partout dans les journaux l'a récupérée, ou une mafia de la City. En tout cas, moi, j'ai pas touché un kopeck sur cette vente, alors si vous aviez la gentillesse de rester à l'affût, je vous serais très reconnaissante, jeune monsieur Julian, et je vous montrerais mon appréciation de manière commerciale, si vous voyez ce que je veux dire. Dans le métier, on m'appelait "Celia Bleu et Blanc", mais ça, c'était avant ! On ne dira plus jamais ça. Et merde ! Ça doit être Simon qui est venu m'acheter mon or. »

Une cacophonie de clarines venait d'annoncer l'arrivée de Simon. Avec une agilité surprenante, Celia se leva d'un bond, lissa les plis de son kimono sur ses hanches et repositionna ses peignes japonais dans ses cheveux teints au henné.

« Vous voulez bien sortir par-derrière, chéri ? Le mélange des genres, c'est pas mon truc. »

Et elle se dirigea vers le magasin.

5

Pendant que ses enfants se repaissaient (ou pas) de l'image façonnée par Ellen d'un père cloîtré dans quelque donjon de Whitehall pour conférer avec les grands pontes de l'univers du secret, l'homme lui-même voyageait en seconde classe à bord d'un train dominical tout sauf express qui, avec force ahanements et grognements, se rangea le long du quai surélevé de l'une des gares les plus isolées du Suffolk. Un observateur innocent aurait vu en lui un homme du passé plutôt qu'un homme de l'avenir, et c'était sans doute voulu : costume classique (plus tout jeune), souliers noirs, chemise bleue, cravate passe-partout. Un édile local, peut-être, ou un employé municipal bien content de faire quelques heures supplémentaires en ce dimanche.

Comme d'autres passagers de son wagon, il lisait ses SMS. Tous étaient en clair :

Cc Papa ! C ok si j'emprunte la vw pour le week-end ?
Maman pas là. Jack

Maman, PAS DE FOUILLES PRÈS DE LA FRONTIÈRE SYRIENNE, SURTOUT !!! Papa, tu peux lui dire, stp ? Bisous, Katie ☺

Et de son assistante Antonia, à 23 h 30 la veille : La recherche multisources confirme qu'il n'y a AUCUNE trace d'une ancienne section indépendante. A.

Et du chef adjoint : Stewart, évite de faire des vagues, surtout. B.

Un camion de la Royal Air Force au capot floqué de marquages blancs était garé à l'autre bout du quai. Au volant, un caporal blasé guettait l'arrivée de Proctor.

« Votre nom ?

– Pearson. »

Le caporal vérifia sur sa liste.

« Pour voir ?

– Todd. »

Le caporal tendit le bras par la fenêtre. Proctor lui remit une vieille carte mal protégée par un étui en plastique. Le caporal secoua la tête, sortit la carte de son étui, l'inséra dans une fente ménagée dans le tableau de bord, attendit, puis la lui rendit.

« Vous connaissez votre horaire de retour ?

– Non. »

Assis à l'avant, Proctor vit défiler des champs plats. La foire aux chiens du Suffolk approchait, à en croire une kyrielle d'affiches placardées au bord de la route, mais il n'arrivait pas à lire la date. Au bout d'une demi-heure, une flèche tracée au pochoir leur indiqua une route bitumée pleine d'ornières et envahie au centre par des herbes folles. Devant eux se dressait un portail imposant en forme d'arche, telle l'entrée d'un studio de cinéma à l'âge d'or d'Hollywood, qu'un Spitfire maintes fois repeint fixé sur des échasses survolait pour l'éternité. Proctor descendit du véhicule. Des sentinelles en treillis serraient leur fusil automatique contre leur poitrine comme un bébé emmailloté.

Au-dessus de sa tête, les drapeaux de la Grande-Bretagne, des États-Unis et de l'OTAN pendouillaient sous le soleil de ce milieu de matinée.

« Vous savez à quelle heure vous repartez ?

– Vous me l'avez déjà demandé. Non. »

En faction dans un poste de contrôle protégé par des sacs de sable et mystérieusement décoré de banderoles en papier, une femme sergent-chef de l'armée de l'air munie d'un porte-bloc vérifia qu'il figurait bien sur sa liste.

« Permis visiteur, prestataire civil, accès à la zone britannique seulement, catégorie 3, annonça-t-elle. Cela concorde, monsieur Pearson ? »

Cela concordait, oui.

« Et vous avez bien compris que vous devez être constamment accompagné par un membre accrédité du personnel de la base, monsieur Pearson ? » l'avertit-elle en le regardant droit dans les yeux comme on le lui avait appris.

Installé à l'arrière d'une Jeep qui roulait à un train de sénateur sur un océan brasillant de gazon fraîchement tondu, avec la sergente-chef et un autre caporal chauffeur à l'avant, Proctor pensait à tout sauf au caractère délicat de sa mission. Il pensait au cricket dans son école privée, au thé et aux petits biscuits dégustés dans le club-house. Il pensait à Ellen dans son tablier de cuisine, fin prête à lancer un petit-déjeuner pour quiconque en voudrait un. Dans une semaine, elle serait partie pour sa grande mission archéologique. Depuis quand au juste se passionnait-elle pour la Byzance antique ? Réponse : depuis le jour où elle avait commencé à étaler sur le lit de la chambre d'amis en face de la leur sa garde-robe pour ce voyage. Il pensait à son fils Jack, regrettant qu'il ne s'intéresse pas un peu plus à la politique et un peu moins à une carrière dans la City. Il pensait à sa fille Katie et à son champion de rugby universitaire. Lui avait-elle parlé de son avortement, dans la mesure où il n'y était pour rien ? Et une fois de plus, retour à l'image accusatrice de cette pauvre Lily redescendant à grand-peine sa poussette dans l'escalier sous une pluie battante.

Il fut brutalement ramené au moment présent par le rugissement assourdissant de moteurs à réaction, suivi des barrissements d'un cor de chasse et de la voix d'une femme à l'accent texan qui susurrait des noms dans un haut-parleur. Le caporal Enrico Gonzalez avait gagné à une loterie. Applaudissements enregistrés. La Jeep contourna un Disneyland militaire de hangars peints en camouflage et de bombardiers noirs et descendit une butte herbeuse en direction d'un ensemble de baraquements verts surmontés de drapeaux bleus. À mesure de leur approche, des cocardes se dessinèrent sur les drapeaux et un périmètre de barbelés apparut autour des baraquements. Sans s'arrêter devant un alignement de tulipes au garde-à-vous, la sergente-chef au porte-bloc l'escorta au pas de gymnastique jusqu'à un bungalow avec véranda. Le plancher de séquoia était si bien astiqué que Proctor y voyait le reflet de ses semelles avant de poser le pied. Sur une porte peu épaisse, un cartouche proclamait OFF. RESP. LIAISON GB. FRAPPEZ ET ENTREZ. Un homme bien découplé de l'âge de Proctor ou un peu plus lisait un dossier, assis à son bureau.

« M. Pearson est là, monsieur Todd », annonça la sergente-chef.

Todd prit le temps de signer le document qu'il venait de lire, puis se leva.

« Bonjour, monsieur Pearson, dit-il en tendant sa main à Proctor d'un geste mécanique. Nous ne nous sommes jamais rencontrés, je crois ? C'est bien aimable à vous de venir un dimanche. J'espère que nous ne vous avons pas gâché votre week-end. Vous pouvez disposer, sergent-chef. »

La porte se referma et le bruit des pas de la sergente-chef s'éloigna dans le couloir. Todd la surveilla depuis la fenêtre jusqu'à ce qu'elle ait atteint les rangs de tulipes.

« Ça te dérangerait de me dire ce que tu fous à t'infiltrer dans ma base comme un clandé, Stewart ? J'habite ici, moi, nom de Dieu ! »

Ne recevant d'autre réponse qu'un hochement de tête compréhensif, il enchaîna :

« Et comment j'explique ta présence si mon téléphone sonne et que mon copain Hank le Yankee de l'autre côté de la piste me sort : "Salut, Todd, à ce qu'il paraît, tu as Proctor dans ton bureau. Amène-le donc au mess boire un coup !" Qu'est-ce que je réponds à ça, moi ?

– Je suis aussi désolé que toi, Todd. Je suppose que la Direction a espéré qu'un dimanche, tout le monde serait parti jouer au golf.

– Et même si c'était le cas ! On a des types de la CIA et de Dieu sait où qui passent par ici tout le temps. Enfin, non, pas tout le temps, d'accord, mais quand même. Tu es le célèbre Doctor Proctor, enfin ! Patron de la Sécurité intérieure. Chasseur de sorcières en chef. Ils te connaissent. Qu'est-ce qui se passerait si quelqu'un te repérait ? Je serais dans une merde noire, voilà ce qui se passerait. Assieds-toi et prends un café. Putain de bordel de Dieu ! »

Ayant demandé « Deux cafés, Ben, et plus vite que ça » via un interphone installé sur son bureau, il s'affala dans un fauteuil, le bout des doigts posé sur ses tempes en signe d'anxiété.

Si le Service accordait toujours des affectations au mérite, ce dont Proctor doutait, peu d'agents le méritaient plus que Todd. Et si c'était la loyauté que le Service décidait de récompenser, alors, aux yeux de Proctor, personne n'en était plus digne que cet homme à la beauté fatale qui avait opéré avec une loyauté inébranlable dans les pires points chauds du globe et récolté deux médailles pour bravoure en y laissant deux épouses en chemin.

« Tout va bien à la maison, Todd ? lui demanda-t-il avec bienveillance. On est au top de la forme et on nage en plein bonheur ?

– Tout va pour le mieux, Stewart, merci, répondit Todd en se ressaisissant d'un coup. La Direction m'a donné encore un an, après quoi je pourrai prendre ma retraite, comme tu le sais peut-être. J'ai installé une véranda devant le salon, ce qui devrait faire augmenter un peu la valeur de la baraque si je décidais de vendre. J'y pense toujours. La situation n'est pas très claire.

– Où ça en est, avec Janice ?

– On est en contact. Et on est bons amis, merci. Comme tu le sais sans doute, je suis très amoureux d'elle. Elle pense à revenir. Je ne suis pas certain qu'elle ait raison, mais on va peut-être tenter le coup. Et Ellen, ça va ?

– Très bien, merci. Elle vient de partir pour Istanbul. Et elle te passerait le bonjour si elle savait que j'étais là. Et les enfants ?

– Eh bien, ce sont des grands, maintenant. Je leur garde quand même leur chambre. Dominic est un peu paumé. La vie nomade n'a rien arrangé. Il y a des enfants du Service qui adorent, mais d'autres non. Il est clean, à ce qu'il me dit, mais je n'ai pas eu tout à fait le même son de cloche du centre de désintox. Son truc du moment, c'est la cuisine. Il a toujours voulu devenir chef… Première nouvelle, mais bon. Peut-être que ce sera dans ses cordes, s'il arrive à s'y tenir.

– Et ta ravissante fille ? Celle que tu avais amenée à la soirée de Noël ?
– Oh, avec Liz, zéro problème, Dieu merci. Son peintre a l'air de se tailler une belle réputation dans le monde de l'art contemporain, si on aime ce style, ce qui est mon cas, mais ça ne veut pas dire pour autant que ses toiles se vendront. J'aide un peu Liz financièrement sur ce qui me reste une fois que j'ai payé les pensions de mes ex, alors espérons que le type touche le gros lot avant que je sois ruiné, conclut Todd avec un sourire inquiet.
– Espérons, oui », renchérit Proctor alors que le café arrivait enfin.

Faisant vrombir un Cherokee poussif sur les trois kilomètres d'une piste d'atterrissage à 120 kilomètres-heure, selon l'estimation de Proctor faute d'un compteur de vitesse opérationnel, Todd redevint pendant quelques glorieuses secondes le fringant mercenaire du désert qu'il avait été jadis.
« Donc c'est une simple défaillance technique qui t'amène, rien d'autre ? hurla-t-il pour couvrir le vacarme du moteur.
– C'est ça.
– Pas une défaillance humaine, une défaillance technique. On est d'accord ? Comme sur cette vieille caisse.
– Absolument.
– D'après la Direction, vendredi à 16 heures, c'est un incident.
– Un incident, tout à fait. Aucune responsabilité ne pèse sur personne. Juste un incident technique, confirma Proctor.

L'ESPION QUI AIMAIT LES LIVRES

– À 21 heures hier, ils parlaient d'anomalie. Qu'est-ce qui est pire ? Un incident ou une anomalie ?
– Aucune idée. C'est leur jargon, pas le mien.
– Et ce matin, voilà-t'y pas que c'était une faille cinq étoiles. Comment diable peut-on transformer un incident en une faille en dix heures et l'attribuer à une défaillance technique ? Une faille, c'est humain, normalement, non ? »

À l'aide du frein à main, ils venaient miraculeusement de stopper. Todd coupa le contact et attendit que le moteur s'arrête. Dans un silence tendu, les deux hommes restèrent assis côte à côte.

« Enfin, Stewart, pardonne-moi, mais comment une putain de faille peut-elle être d'origine technique ? s'indigna de nouveau Todd. Une faille, c'est des gens, c'est pas des conneries de fibre optique ou de tunnels. C'est forcément des gens, non ? »

Proctor refusa de se laisser attendrir par cette ardente supplique.

« Todd, j'ai pour ordre d'inspecter d'urgence la plomberie et de signaler tout dysfonctionnement éventuel. Point barre.

– Mais t'es pas technicien, Stewart, bordel ! explosa Todd alors qu'ils descendaient sur le tarmac. Toi, t'es un chien de chasse. C'est ça qui me turlupine. »

La salle de conférences en rez-de-chaussée était un wagon sans fenêtres de douze mètres de long avec à un bout un écran de télévision mural. Des fenêtres en trompe-l'œil arboraient des jardinières fleuries sous un ciel bleu peint. Une table de réunion en contreplaqué avec des ordinateurs au milieu et des chaises d'école de part et d'autre occupait toute la longueur de la pièce.

« C'est donc là que bossait ton équipe mixte, Todd ? avança Proctor.

66

– Et qu'elle y bosse encore en cas de besoin, même si je dois reconnaître que ce n'est pas fréquent. Dans cette salle tant que le temps est au beau, et à la première alerte tout le monde descend fissa au Sanctuaire des faucons.

– Le Sanctuaire des faucons ?

– Notre bunker nucléaire à nous, à cent mètres sous terre. On m'a raconté qu'avant, il y avait un panneau sur la porte jusqu'à ce que quelqu'un le chourave : ICI ON IMAGINE L'INIMAGINABLE. Pas franchement drôle, quand on y pense, mais dans le milieu de la dissuasion, on s'amuse comme on peut. Tu veux la visite guidée ?

– Allez ! »

Todd lui servit un historique du lieu conçu pour les dignitaires en visite, espèce de plus en plus rare. Encore deux ans, devinait Proctor, et ce serait une dame bien informée du National Trust ou de l'English Heritage qui débiterait le même laïus, radicalement expurgé, pour l'édification des touristes.

Todd lui apprit que les locaux dataient de la guerre froide, ce qui ne surprendrait pas Proctor. Conçus pour une seule et unique activité, à savoir stocker des armes nucléaires, lancer des armes nucléaires et, le cas échéant, se faire frapper par des armes nucléaires tout en préservant la chaîne de commandement et de contrôle.

« D'où les chambres de stockage et le véritable labyrinthe de couloirs souterrains. Des tunnels pour relier toutes les bases de la région, du commandement avions de chasse au commandement bombardiers au commandement tactique au commandement stratégique au commandement divin. Et tout ça méga secret, même pour toi et moi. La blague qui circule est que les Amerloques ont évidé l'intégralité du sous-sol de la région et ne nous ont laissé que la croûte supérieure. Au départ, dans les tunnels, il y avait des gaines

pour le câble. Quand le câble est passé de mode, la fibre est arrivée et c'est ce qu'on a aujourd'hui et qu'on aura jusqu'à ce que la mort nous sépare et longtemps après. Vu ?
– Vu.
– Et de ces tunnels à fibre optique sort notre circuit fermé. Et quand je dis "circuit fermé", c'est complètement fermé. Bouclé, réservé à notre usage exclusif pour toute éternité, aucune connexion au monde extérieur. Personne ne peut l'utiliser pour acheter de l'électroménager à prix cassé ou répondre aux appels désespérés de prisonniers espagnols ou reluquer bêtement des photos cochonnes. Aucun ado geek ni aucun fouineur anarchiste néerlandais ne pourra jamais le hacker. C'est physiquement impossible. Alors si elle n'est pas humaine, cette putain de faille, la Direction nous la sort d'où ? »

Todd s'assit sur une chaise, se pencha en arrière et leva les yeux au ciel en attendant une réponse. Mais Proctor n'avait rien d'autre à lui offrir qu'un sourire compréhensif. Lui aussi se demandait combien de temps cette mascarade devait durer.

« Raconte-moi un peu comment ton équipe travaillait, en pratique, suggéra Proctor d'un ton enthousiaste. Enfin, travaille encore, le cas échéant, bien sûr. »

Ils étaient retournés sur les chapeaux de roues au bureau de Todd pour avaler un club sandwich et un Coca zéro.

« Ben, comme elle a toujours travaillé, pour autant que je le sache, répliqua Todd d'un ton bougon.
– C'est-à-dire ?
– Dans un cas de figure genre 11-Septembre ou guerre d'Irak, on était sur du H24. La base se transformait en

une sorte de cellule du Pentagone avec des auxiliaires brits. Les généraux cinq étoiles américains arrivaient et repartaient en avion façon boomerang. Les huiles de la CIA, de la NASA, de la Défense et de la brigade Maison Blanche, j'en passe et des meilleurs. Et notre chère équipe locale venue des quatre coins du pays, aussi : le professeur Untel de l'Institut des relations internationales, le docteur Truc de l'Institut des recherches stratégiques, une ou deux grosses têtes d'Oxford ou d'ailleurs. Et hop, tout le monde se mettait à imaginer l'inimaginable jour et nuit. Des trucs à la Docteur Folamour. Des plans d'urgence pour l'Apocalypse. Où tracer la ligne rouge. Sur qui faire péter une bombe nucléaire et quand. Tout ça au-dessus de mon niveau d'habilitation, Dieu merci. Et sans doute au-dessus du leur, d'ailleurs.

– Et ils géraient aussi les crises plus localisées, à l'époque ? Ou seulement à l'échelle planétaire ?

– Oh, même aujourd'hui il nous reste quelques sous-commissions régionales. La Russie post-soviétique en a une à elle toute seule. L'Asie du Sud-Est en avait une. Le Moyen-Orient, c'est non-stop. Enfin, jusqu'à un certain point.

– Lequel ?

– À l'époque Bush-Blair, no limit. Et puis on a eu un président américain un peu plus calme, donc les affaires ont ralenti. Stewart ?

– Quoi ?

– C'est vraiment une histoire de faille technologique ou pas ? Parce que je n'ai pas l'habilitation suffisante pour le moindre petit bout de papier qui sort d'ici, je ne suis pas dans le circuit magique et je ne veux pas l'être. La Direction a la tête dans le cul ou quoi ?

– Je crois que la Direction s'intéresse de très près au circuit magique, Todd », répondit Proctor en décidant que le moment était venu.

*

Ils se trouvaient à présent dans le bunker connu des initiés sous le nom de Sanctuaire des faucons, et les oreilles de Proctor restaient bouchées à cause de la descente vertigineuse. La même table de réunion en contreplaqué, les mêmes chaises d'écolier, le même écran noir géant, la même rangée d'ordinateurs éteints, le même éclairage cru des néons au plafond, les mêmes fenêtres en trompe-l'œil avec les fleurs et le ciel bleu. L'impression d'un vaisseau abandonné qui sombre lentement. La puanteur de la décomposition, de la vieillerie, du pétrole.

« Les Brits de ce côté, les Américains de l'autre, récitait Todd. Les ordinateurs reliés les uns aux autres par un réseau en anneau, chacun connecté au suivant et le dernier au premier.

– Aucun lien extérieur, donc ?

– Quand il y avait des bases un peu partout dans le Suffolk, si, mais chaque fois qu'une base fermait, son raccordement était coupé. Tu te trouves à quatre-vingt-dix mètres sous la dernière base stratégique anglo-américaine en activité dans toutes les îles Britanniques, à l'exception des opérations spéciales. Pour réussir une brèche technologique, Al-Qaida ou les Chinois ou les autres devraient creuser un trou sacrément profond en plein milieu de la piste d'atterrissage là-haut et tout ça en une nuit avant que le jour se lève.

– Si une alerte était déclenchée demain, par exemple pour convoquer en urgence la sous-commission ex-URSS, il se passerait quoi ? demanda Proctor en visant aussi loin

que possible de sa cible réelle. On ramène les gars à la base, on les fait descendre dans le bunker et on relève le pont-levis ? Et si le professeur Untel de l'Institut des relations internationales a raté son train...
– Tant pis pour lui.
– Et si c'est la sous-commission Moyen-Orient, dont tu me dis qu'elle est plus active, c'est la même chose ?
– Sauf pour Deborah. C'est un cas à part.
– Deborah ?
– Debbie Avon. L'analyste star du Service sur le Moyen-Orient, enfin ! Ou plutôt, l'ex-analyste star. Tu la connais, Debbie. Elle est venue te voir, à ce qu'elle m'a dit. Elle m'a demandé si tu étais bien la personne à contacter pour régler un problème personnel de sécurité. Je lui ai répondu que oui.
– Tu as dit "ex", Todd ?
– Elle est mourante. La Direction ne te l'a pas annoncé ? Nom de Dieu ! Si ça, ce n'est pas une faille technologique, on se demande ce qui l'est !
– Mourante de quoi ?
– Cancer. Elle se le traîne depuis des années. Elle est entrée en rémission, elle a fait une rechute, et là, c'est à un stade terminal. Elle m'a appelé pour me dire adieu et s'excuser d'avoir pu être pénible à l'occasion. Je lui ai répondu non, pas à l'occasion, tout le temps. J'ai pleuré comme un môme, et elle, elle est restée égale à elle-même. Je n'en reviens pas que personne ne t'ait prévenu. »

Entracte pendant lequel ils convinrent qu'il était grand temps que les Ressources humaines se secouent un peu les puces.

« Après, elle m'a dit de faire déconnecter la liaison dès que possible, étant donné qu'elle n'en aurait plus besoin. Pfff, la vache.

– C'était quand, ça ?
– Il y a une semaine. Et puis elle m'a rappelé pour s'assurer que je l'avais bien fait. Typique.
– Et tu as dit qu'elle avait un statut spécial. Tu as dit "sauf pour Deborah", je crois bien.
– Ah oui ? Oui, enfin, ça, c'était un pur hasard. Debbie a un manoir à moins de dix kilomètres d'ici. Il était à son père, un ancien du Service lui aussi. Il se trouve qu'il se situe juste au-dessus du pipeline direct qui allait jusqu'à une base désaffectée près de Saxmundham. En plein milieu d'une grosse crise au Moyen-Orient, Debbie allait mal et elle était en chimio, mais, on ne se refait pas, elle ne voulait pas lâcher son équipe. Et le Service ne voulait pas perdre sa meilleure analyste. Cela ne coûtait presque rien de percer un trou pour la raccorder. »

Todd eut soudain une idée affreuse.

« Mais Stewart, ne va surtout pas croire qu'elle est là, ta faille technologique, hein ! Debbie est complètement en bout de chaîne, enfin, elle l'était, et il n'y a rien alentour sur des kilomètres.

– Pas de panique, Todd. On sait tous comment la Direction agit quand elle a une idée dans le crâne. »

De retour dans le bureau de Todd, en attendant que la sergente-chef arrive avec sa Jeep, ils évoquèrent de nouveau cette pauvre Deborah Avon.

« Je n'y suis jamais allé, chez elle, précisa Todd sur un ton de regret. Et c'est trop tard, maintenant. Si elle m'y autorisait, j'irais ventre à terre. Le Service c'était une chose, mais sa vie privée, c'en était une autre. Il y a un mari dans le tableau quelque part, d'après ce qu'on m'a dit

– enfin, pas elle. Le genre qui bouge beaucoup, paraît-il. Un peu d'enseignement ici, un peu de travail caritatif là. Souvent à l'étranger. Je n'ai pas d'infos sur d'éventuels enfants. Je lui ai demandé un jour qui elle avait dans sa vie, elle m'a plus ou moins répondu de m'occuper de mes oignons. Alors, tu l'as trouvée ?
– Quoi, la faille ? Oh non. Ça m'a tout l'air d'être une tempête dans un verre d'eau. Dieu sait ce qu'ils recherchent. Si je ne te contacte pas d'ici deux jours, ça voudra dire que l'orage est passé. Et surtout, occupe-toi bien de ton fiston, Todd, ajouta-t-il en entendant la Jeep se garer dehors. Ce pays manque cruellement de bons cuisiniers. »

Debout devant les toilettes entre deux vieux wagons bringuebalants, Proctor envoie un SMS au chef adjoint :

Liaison non répertoriée confirmée. Déconnectée il y a une semaine à la demande personnelle du sujet.

Il a envie d'ajouter : « Et une fois de plus, la Direction n'a pas été foutue de faire le lien », mais, comme souvent, il se réfrène.

6

Douze exemplaires de poche des *Anneaux de Saturne* de W. G. Sebald arrivent par coursier. Julian s'en réserve un et, chaque soir avant de s'endormir, parvient à en lire une vingtaine de pages en cherchant sur Google les grands noms de la littérature mondiale.

Il fait un aller-retour à Londres pour inspecter son appartement. Lorsqu'il rappelle aux agents immobiliers qu'il a insisté sur une vente rapide, ils lui rétorquent que le marché s'emballe, alors pourquoi ne pas attendre encore deux mois, histoire de ratisser cinquante mille livres de plus ?

En souvenir du bon vieux temps, il passe voir une ex qui va bientôt épouser un riche trader. Le riche trader n'étant pas dans les parages et le bon temps s'avérant ne pas être si vieux qu'il ne le pensait, c'est de justesse qu'il arrive à s'en tirer avec son honneur à peu près intact.

Il entreprend un pèlerinage d'une journée dans la ville voisine d'Aldeburgh, reçoit les conseils des propriétaires d'une librairie indépendante de renom national, parle avec eux de festivals et de clubs littéraires, s'engage à étudier et à apprendre. Il en repart convaincu qu'il ne sera jamais au niveau malgré toutes les pages de Sebald qu'il pourra lire. Puis son moral remonte avec ce printemps qui entretient l'espoir d'un été précoce. De vraies gens viennent dans sa boutique et, étonnamment, ils lui achètent même des livres, mais Edward Avon n'en fait pas partie. Chaque jour qui passe, La République de la Littérature devient un rêve plus distant.

Deborah serait-elle décédée sans que Julian l'ait appris ? Le journal du coin ne semble pas le croire, ni la radio locale, et Celia et Bernard sont en vacances à Lanzarote.

« Teddy ? Non, il vient plus, mon chou, l'assure Adrianna quand il s'arrête à la paillotte pendant son jogging matinal. Peut-être elle lui a dit : Edvard, mon garçon, tu restes à la maison maintenant. »

Et Kiril ?

« Kiril ne plus travaille dans le public, mon chou. Kiril est privé, maintenant. »

Il faut trouver un remplaçant à Bella. Une unique annonce déclenche un flot de candidatures inadaptées. Il fait passer deux entretiens par jour.

Le soir, après la fermeture, il marche. Le jogging du matin, c'est pour le corps ; la marche du soir, c'est pour l'esprit. Depuis qu'il a racheté la librairie, il s'est promis qu'un jour proche il chausserait ses godillots pour arpenter les rues de sa ville d'adoption. Pas seulement les coins préférés des touristes estivaux autour de cette église normande de brique et de silex qui sert de tour de guet depuis un millénaire à nos fidèles citoyens et de repère à nos vaillants marins, à en croire le guide de l'année dernière (prix réduit à 5,96 livres en attendant l'arrivée toujours repoussée de l'édition de cette année). Pas seulement ses hôtels victoriens aux façades pastel, ses pensions de famille d'un autre âge et ses nobles villas édouardiennes du front de mer. Non, il veut dire les vraies rues, les enfilades de pavillons ouvriers et les étroites ruelles de pêcheurs qui descendent de la colline boisée jusqu'à la plage de galets comme des lignes tracées au cordeau.

À présent que l'aménagement de la boutique est terminé (à l'exception des étagères au sous-sol, dont l'installation marquera l'achèvement des travaux), il se sent libre de s'aventurer dans le paysage urbain avec toute l'énergie accumulée d'un homme désireux de repousser les frontières de sa nouvelle vie et de tirer un trait sur l'ancienne. Fini les saunas, lampes à bronzer et tapis de course en environnement climatisé, merci beaucoup ; fini les beuveries pour célébrer un énième coup financier risqué et socialement inutile, et fini les coucheries d'un soir qui s'ensuivent inévitablement. London Man est mort, vive le libraire de province célibataire investi d'une mission !

D'accord, de temps à autre, oui, lorsqu'il croise le regard d'une belle inconnue, il est assailli par les souvenirs de ses excès les plus débridés et il prend à témoin de sa contrition les maisons respectables aux rideaux de dentelle et aux écrans plats rutilants. Dès qu'il tourne le coin de la rue, toutefois sa conscience se met au repos. Oui, j'ai été cet homme et pire encore. Mais je suis un homme meilleur, aujourd'hui. J'ai renoncé à l'éclat de l'or pour lui préférer l'odeur des vieux livres. Je me construis une vie digne de ce nom, et ce n'est qu'un début.

Seul Matthew, vingt-deux ans, décorateur au chômage qu'il a engagé en CDD faute de mieux, ose mettre en doute sa détermination. Quand il lève le nez de l'ordinateur de la remise pour découvrir Julian en grande tenue – chaussures de randonnée, ciré, chapeau imperméable – et, dehors, la pluie battante qui balaie la grand-rue depuis ce matin, il laisse échapper un cri d'horreur sincère :

« Vous ne comptez pas sortir par ce temps, Julian ? Vous allez attraper la mort ! s'exclame-t-il sans obtenir d'autre réponse que le sourire indulgent du patron. Je ne veux même pas imaginer ce que vous essayez d'expier, Julian, ça non. »

*

Pas étonnant, donc, que lors de ces déambulations nocturnes il se surprenne plus souvent qu'il n'ose se l'avouer à gravir la colline boisée à la lisière de la ville pour emprunter un sentier boueux qui court le long du mur en pierre d'une école désaffectée, puis descend jusqu'à un magnifique portail en fer forgé arborant un impressionnant SILVERVIEW. Dans l'obscurité de l'avant-cour pavée, trois voitures : une vieille Land Rover, une Coccinelle et un monospace floqué du blason de l'hôpital local. En contrebas, un jardin en deux terrasses descend vers la mer.

L'harmonie conjugale a-t-elle été restaurée ? Subjugué par Silverview, Julian s'efforce d'y croire. Adrianna et son Kiril se racontent des histoires. À cet instant même, Edward se trouve fidèlement au chevet de sa Deborah, tout comme Julian jadis au chevet de sa mère dans son atroce maison de repos qui empestait le renfermé, la nourriture avariée et la vieillesse et dont les couloirs résonnaient du tintamarre des chariots déglingués et du bavardage d'infirmières sous-payées.

Il découvre un autre accès qui donne une meilleure vue de la maison si, comme lui, on n'a pas de scrupules à braver l'interdiction d'entrer. Il faut descendre la colline sur une centaine de mètres pour atteindre le nouveau centre médical, traverser le parking à l'arrière, ignorer l'injonction hystérique de ne pas aller plus loin sous peine de mort, passer sous des barbelés, gravir un remblai près du poste de transformation, et voilà la même maison qui vous toise, avec au rez-de-chaussée quatre grandes portes-fenêtres occultées par d'épais rideaux ne laissant filtrer qu'un fuseau de lumière de chaque côté, et une cinquième fenêtre qui appartient peut-être à une cuisine, et au premier une autre rangée de fenêtres dont seules deux sont éclairées, une à chaque bout de la maison, aussi éloignées l'une de l'autre que le permet la disposition des lieux.

Peut-être est-ce à l'une de ces fenêtres, lors d'une de ses expéditions, que Julian repère en effet la silhouette solitaire et chenue d'Edward Avon qui fait les cent pas. Ou peut-être son envie de le voir l'a-t-elle fait apparaître, car le lendemain soir, après une matinée passée à louer les charmes d'un festival artistique à un conseil municipal réticent, qui voit-il s'encadrer dans la porte de la boutique quelques minutes à peine après la fermeture sinon Edward Avon avec son feutre et son imperméable camel ?

« Je ne vous dérange pas, Julian ? Vous avez un moment à m'accorder ?

– J'ai tout le temps que vous voudrez ! » s'exclame Julian en riant, avant de grimacer comme les fois précédentes en raison de la puissance inattendue de la poignée de main.

Mais il sait résister à l'envie de faire aussitôt descendre Edward dans le sous-sol vide. Il faut d'abord régler une certaine question. À cette fin, le tout nouveau café fournit un cadre moins chargé d'émotion.

*

Julian a conçu le Gulliver comme un appât à destination des mamans lectrices et de leur progéniture. Le café se cache en haut d'un escalier magique peuplé d'elfes et de farfadets coiffés de chapeaux pointus rouges. Sur les murs, un Gulliver jovial distribue des livres à des Lilliputiens. Chaises, tables et étagères en plastique taille enfant sont réparties sur le sol facile à nettoyer. Derrière le comptoir, un miroir rose décoré selon la thématique Gulliver occupe toute la largeur du mur.

Julian prépare deux doubles expressos avec la machine flambant neuve. Edward sort une flasque de la poche de son imperméable et verse un trait de whisky dans chaque tasse. Sagace comme il l'est, perçoit-il une certaine tension dans l'air ? Julian a pris le temps de l'examiner à la lumière du plafonnier et l'a trouvé changé, ce qui n'est pas surprenant pour un homme dont la femme se meurt : regard plus intériorisé, mâchoire plus ferme qui lui donne un air plus volontaire, tignasse blanche plus disciplinée. Mais le sourire communicatif est toujours aussi désarmant.

« Il faut que nous mettions une chose au clair, si ça vous va, commence Julian en laissant une certaine sévérité percer dans sa voix en guise d'avertissement. C'est à propos de votre relation avec mon père.

– Mais bien sûr ! Absolument, cher ami. Votre demande est totalement légitime.

– Si je me souviens bien, vous m'avez dit que, lorsque vous avez appris par la presse sa disgrâce, vous lui avez très généreusement écrit pour lui proposer de l'argent, du réconfort et tout ce dont il pouvait avoir besoin.

– C'était le minimum que je pouvais faire en tant qu'ami, répond gravement Edward en sirotant son café arrangé.

– Et c'est tout à votre honneur. Sauf que, après son décès, j'ai parcouru toute sa correspondance, voyez-vous. Papa était un véritable écureuil. Il ne jetait presque rien.

– Et vous n'avez pas retrouvé ma lettre ? s'enquiert Edward, l'air sincèrement concerné.

– Eh bien, j'ai trouvé une seule lettre un peu mystérieuse. Une enveloppe avec un timbre à l'effigie de la reine et une oblitération de Whitehall. Et dedans, une lettre manuscrite, enfin, mal écrite, à vrai dire, sur le papier de l'ambassade de Grande-Bretagne à Belgrade, qui lui proposait de l'argent et de l'aide. Signée Faust. »

Dans le miroir rose, le visage si mobile d'Edward trahit une inquiétude passagère, qui fait aussitôt place à un sourire amusé. Julian poursuit.

« Alors j'ai répondu. Cher monsieur Faust, ou chère madame Faust, merci pour tout, mais j'ai la tristesse de vous annoncer que mon père est décédé. Et environ trois mois plus tard, l'ambassade me renvoie ma lettre avec un mot hautain me disant qu'elle ne comptait pas de M. ou de Mme Faust dans son personnel et n'en avait jamais eu, conclut-il pour découvrir un sourire encore plus large sur le visage d'Edward dans le miroir.

– Votre Faust, c'est moi ! Quand je suis arrivé dans cette école épouvantable avec mes allures d'étranger et d'âme torturée, mes camarades m'ont logiquement rebaptisé ainsi. Alors, en écrivant à H. K. dans ses jours sombres, j'ai espéré que l'utilisation de ce vieux surnom pourrait raviver des souvenirs amicaux. Hélas, je faisais erreur. »

Le soulagement qui s'empare de Julian à cette nouvelle est plus grand qu'il ne l'aurait cru lui-même. Et Edward le perçoit bien quand leurs sourires dans le miroir se rencontrent.

« Mais que diable faisiez-vous à Belgrade, enfin ? proteste Julian. Ce devait être en pleine guerre de Bosnie. »

Étonnamment, Edward prend son temps pour répondre. Son visage s'est assombri, et il se tripote la lèvre supérieure d'un air pensif.

« En effet. Et en pleine guerre, que fait-on, cher ami ? demande-t-il comme à tout homme raisonnable. On s'emploie à la faire cesser, évidemment.

– Et si on allait voir le sous-sol ? » suggère Julian.

*

Ils étaient debout côte à côte en silence, chacun perdu dans ses pensées. Le problème d'humidité avait été résolu. À en croire l'architecte, le sous-sol était à présent une énorme pile sèche. La République de la Littérature résisterait.

« Magnifique ! s'extasia Edward. Vous avez refait la peinture, je vois.

– Je trouvais que le blanc était un peu agressif, pas vous ?

– C'est une climatisation ?

– Une ventilation.

– Et les nouvelles prises ? demanda Edward d'une voix qui ne cherchait pas à masquer sa préoccupation profonde.

– Je leur ai dit d'en installer un peu partout. Plus il y a de prises, mieux c'est.

– Et l'odeur ?

– Encore deux jours et elle sera partie. Et j'ai des échantillons d'étagères. Jetez-y un œil si ça vous intéresse.

– Oui, ça m'intéresse. Mais d'abord, je dois vous dire quelque chose. Comme vous le savez, même si vous êtes trop courtois pour en parler, ma chère épouse, Deborah, souffre d'une maladie incurable qui touchera bientôt à sa fin.

– Oui, je le savais. Je suis vraiment désolé, Edward. S'il y a quoi que ce soit que je puisse faire pour vous aider...

– C'est déjà fait, et plus que vous ne pouvez l'imaginer. Quand vous avez conçu ce projet de bibliothèque populaire des classiques et que vous m'avez proposé de vous assister dans sa création, vous m'avez donné une raison de tenir. »

Moi, j'ai conçu ce projet ?

Du tréfonds de sa poche d'imperméable, Edward avait sorti une liasse de grandes feuilles de papier pliées en deux dans le sens de la hauteur et protégées de la pluie par une pochette en plastique.

« Vous permettez ? » s'enquit-il.

À la lumière des nouveaux plafonniers, Julian passa en revue avec un enthousiasme croissant malgré ses lacunes en la matière quelque six cents titres et leurs auteurs, chacun tracé soigneusement d'une écriture étrangère attendrissante. Pendant ce temps, Edward, qui s'était détourné par pudeur, s'occupait à inspecter les prises électriques.

« Jugeriez-vous mes suggestions acceptables comme base à partir de laquelle construire ?

– Plus qu'acceptables, Edward, fantastiques ! Vraiment, merci. Quand attaquons-nous ?

– Pas d'oubli que vous ayez repéré ?

– Pas qui me vienne comme ça, non.

– Certains seront difficiles à acquérir. Notre catalogue ne restera sans doute jamais complet bien longtemps. Telle est la nature du projet que vous avez conçu. C'est un dialogue entre les livres, pas un musée.

– C'est formidable.

– Me voilà soulagé. Et cet horaire vous convient-il ? C'est l'heure où mon épouse fait sa sieste de début de soirée. »

Une routine s'institua bien vite. Sitôt Matthew avait-il sorti son vélo dans la rue avec un « bye bye ! » qu'Edward se faufilait dans la boutique. Son humeur était imprévisible.

Certains soirs, il avait l'air si ravagé que Julian le faisait aussitôt monter au Gulliver, où il conservait une bouteille de scotch dans un placard fermé à clé. Parfois, Edward n'avait que quelques minutes de liberté avant de repartir ; d'autres fois il restait pendant deux heures.

À l'oreille toujours attentive de Julian, ses variations d'humeur se retrouvaient dans les modulations de sa voix, qui alternait entre timbrée et feutrée en passant par cet anglais policé des classes dites supérieures. Face à ces changements de personnalité, Julian ne pouvait s'empêcher de se demander ce qui relevait de la performance et ce qui tenait de la réalité. Par où était-il passé pour s'approprier toutes ces voix ? Qui imitait-il quand il les utilisait ? Mais loin de Julian l'idée de se montrer critique. J'offre à un homme qui souffre le soutien et le réconfort qu'il a lui-même offerts à mon père. Et en retour (dixit le trader de la City, irrépressible en lui), Edward me prodigue des conseils professionnels gratuits et me fait mon éducation littéraire. Pourquoi chercher plus loin ?

En prime, il entendait pour la première fois des choses gentilles sur son père, sur le courage, le bon cœur et la popularité du jeune H. K., principal opposant à la guerre du Vietnam dans leur école.

« Le plus beau, c'est qu'il n'a jamais grandi, décréta Edward en sirotant un expresso arrangé. H. K. a cultivé l'enfant en lui, comme nous devrions tous le faire.

– Et vous aussi, ou bien vous étiez trop patricien pour ça ? » demanda Julian avec un peu trop d'effronterie à son goût.

Était-il allé trop loin ? L'ombre de la mélancolie voila un instant le visage mobile d'Edward avant de laisser place comme souvent à son sourire radieux. Julian se sentit encouragé et poussa son avantage.

« Du peu que j'en sais, vous semblez avoir été beaucoup plus adulte que mon père ne l'a jamais été. Papa est allé à Oxford et il a trouvé Jésus. Et vous, vous êtes allé où ? Vous m'avez dit que vous étiez un factotum de la vie. »

Edward s'offusqua d'abord d'entendre ses paroles lui être retournées.

« Vous voulez connaître mon pedigree, c'est ça ? lança-t-il, avant d'enchaîner sans lui laisser le temps de protester : Je ne suis plus en âge de vous mentir, Julian. Mon cher père à moi était un marchand d'art pas très doué mais plein de charme. Il a fui Vienne quand il était déjà trop tard et, pour reprendre la formule consacrée, il vouait une reconnaissance éternelle à l'Angleterre. Et moi de même.

– Edward, je ne voulais vraiment pas vous...

– À la mort de mon père, prématurée comme celle du vôtre, ma mère s'est mise en ménage avec un violoniste tout aussi charmant, également plein de talent mais sans le sou, et ils sont partis à Paris vivre une vie de bohème chic. Mon père avait formé le vœu malavisé que je termine mes études en Angleterre. Il avait réussi à mettre un peu d'argent de côté pour ce motif affreux. Vous avez assez d'informations sur moi comme ça, ou je dois continuer à me justifier ?

– Non, non, je ne voulais pas... »

Tout en se récriant ainsi, Julian avait tout autre chose en tête. Ce petit air qu'il me joue, c'est comme s'il sortait de ma propre bouche. À moi aussi, il m'est arrivé d'inventer une vie à mes parents.

Dieu merci, Edward avait décidé de changer de sujet.

« Dites-moi, Julian. Votre employé, là, Matthew. Vous avez de la considération pour lui ?

– Tout à fait. Il attend l'été, que les théâtres rouvrent. Il espère qu'ils auront du travail pour lui et moi j'espère bien que non.

– Vous pouvez compter sur lui pour vous remplacer, à l'occasion ?

– Bien sûr, si besoin. Pourquoi ? »

Par simple curiosité, apparemment, car Edward n'en dit pas plus. Il voulut savoir si Julian disposait d'un ordinateur non utilisé. Julian en avait plusieurs. Dans ce cas, ne serait-il pas judicieux que La République de la Littérature ait sa propre adresse mail, puisque Edward allait se mettre en quête d'ouvrages rares ou épuisés ? Julian acquiesça bien volontiers.

« Pas de souci, Edward. Je vais vous installer ça. »

Dès le lendemain soir, Edward avait son ordinateur et La République son adresse mail, ce qui mettait Julian dans la position un peu ridicule de successeur de Celia.

Mais successeur pour quoi, au juste ? Sa carrière dans la City l'avait habitué à ce que les gens l'exploitent et à ce qu'il les exploite en retour, mais aussi à ce que les gens disent qu'ils font quelque chose et fassent quelque chose de radicalement différent. S'il suivait le raisonnement de Celia, il pouvait s'imaginer qu'Edward utilisait l'ordinateur pour fourguer sa collection grand luxe derrière le dos de sa voisine. Or, il avait promis de la tenir au courant à ce sujet, alors peut-être devrait-il descendre discrètement au sous-sol jeter un coup d'œil ? Ce qu'il fit. Des requêtes spécifiques à des librairies d'occasion et à des éditeurs, des demandes de catalogues d'éditions rares ou épuisées, mais rien sur de la précieuse porcelaine chinoise, que ce soit dans le dossier « Envoyé » ou dans la corbeille. Entre-temps, les écrits de grands hommes et de grandes femmes au fil des siècles commençaient à arriver par paquets d'un ou deux livres.

« Julian, mon cher ami.

– Oui, Edward ? »

C'était à propos de l'appartement londonien de Julian. Julian l'utilisait-il encore à l'occasion ? Non, mais Edward souhaitait-il l'emprunter ? Oh, mon cher ami, ce temps-là était bel et bien révolu, Dieu merci ! Mais Julian avait-il par hasard prévu un séjour à la capitale dans les jours à venir ?

Julian n'avait rien prévu de tel. Cela dit, entre les avocats, les comptables et les affaires à liquider, les motifs ne manquaient pas.

Alors, peut-être ne serait-ce pas trop demander à Julian de lui rendre un petit service à Londres quand il y serait ?

Mais bien sûr, répondit Julian.

Julian avait-il la moindre idée de la date où ces affaires à liquider pourraient requérir sa présence dans un proche avenir, étant donné que le problème qui préoccupait Edward était de nature quelque peu pressante, pour ne pas dire urgente ?

« Si c'est urgent et que cela vous préoccupe, Edward, je peux y aller demain, répondit généreusement Julian.

– Puis-je également partir du principe que vous n'êtes pas inexpérimenté dans le domaine des affaires de cœur ?

– En effet, Edward, vous pouvez partir de ce principe ! s'écria Julian avec un rire intrigué et une curiosité piquée qu'il s'efforça de dissimuler.

– Si je vous avouais que, pendant de nombreuses années, j'ai entretenu une relation avec une certaine dame sans que mon épouse le sache, seriez-vous empli de dégoût ? »

Était-ce le meilleur ami de H. K. qui parlait, ou bien feu H. K. lui-même ?

« Non, Edward, cela ne m'emplirait pas de dégoût, l'assura-t-il pour l'encourager à poursuivre.

– Et si le service que je vous demande impliquait de porter un message confidentiel à cette dame, pourrais-je compter sur votre discrétion absolue et permanente quelles que soient les circonstances ? »

Fort du principe que tel serait le cas, il donnait déjà à Julian ses instructions, d'une précision époustouflante :
Le cinéma Everyman, en face de la station de métro Belsize Park... un exemplaire des *Anneaux de Saturne* pour vous identifier... deux chaises en plastique blanc à votre droite... à défaut, d'autres sièges disponibles au fond du hall... si le cinéma est fermé pour une raison quelconque, allez à la brasserie ouverte en continu, juste à côté, c'est désert à cette heure-là... prenez un siège en vitrine et laissez le Sebald en évidence.

« Comment suis-je censé la reconnaître, elle ? demanda Julian, dont la curiosité n'avait à présent plus de limite.

– Cela ne sera pas nécessaire, Julian. Elle repérera le livre et viendra à vous. Vous lui remettrez la lettre sans vous cacher et vous sortirez.

– Et je l'appelle comment ? lança Julian, mû par l'absurdité de la chose. Mary ?

– Mary, ce sera très bien », approuva Edward d'un ton solennel.

Julian dormit-il cette nuit-là ? À peine. Se demanda-t-il dans quoi diable il était allé se fourrer ? Maintes et maintes fois. Envisagea-t-il de téléphoner à Edward et de se rétracter ? À aucun moment. Ou d'appeler un ami pour lui demander son avis ? L'enveloppe parfaitement cachetée d'Edward était posée sur sa table de chevet, et il avait donné sa parole d'honneur dans toutes les langues possibles.

Il se leva tôt et enfila ses vêtements de ville les plus présentables. Hmm... que porte l'homme élégant pour un rendez-vous avec la maîtresse inconnue de l'ami de son père au cinéma Everyman de Belsize Park ? Avec l'enveloppe d'Edward en poche et un exemplaire des *Anneaux de Saturne* dans sa sacoche, il joua des coudes pour monter à bord du train de 8 h 10 reliant Ipswich à Liverpool Street, puis changea pour Belsize Park. Pile à l'heure fixée, il prit sa place sur une chaise en plastique blanc dans le hall vide du cinéma Everyman, son Sebald ouvert devant lui.

Et voilà sans doute Mary, qu'il voit pousser la porte vitrée et se diriger vers lui d'un pas décidé. Première évidence : loin du simple objet de désir passager, c'est une femme d'une maturité imposante, pleine d'élégance et de détermination.

Il se lève, son Sebald dans la main gauche, la main droite à mi-hauteur de son torse pour récupérer l'enveloppe non libellée d'Edward dans la poche intérieure de sa veste en lin, mais en suspens, car il doit encore attendre que Mary l'aborde. Yeux noisette, paupières savamment fardées mais maquillage à peine visible, peau soyeuse olivâtre, âge indéfinissable entre quarante-cinq et soixante-cinq ans, tailleur élégant sans être conventionnel, avec une jupe longue très chic mais de grandes poches pratiques. Elle pourrait sortir tout droit d'une réunion dans les hautes sphères de la City. Il attend qu'elle lui adresse la parole. En vain.

« Je pense que j'ai une lettre pour vous », finit-il par dire.

Elle évalue cette phrase. Elle l'évalue lui. Regard direct.

« Si vous vous intéressez à Sebald et si c'est Edward qui vous envoie, alors vous avez en effet une lettre pour moi », convient-elle.

Est-ce un sourire ? Et si oui, complice ou moqueur ? Accent peut-être français. Elle tend la main. Bague en saphir à l'annulaire, pas de vernis à ongles.

« Je dois la lire maintenant ?

– Edward ne l'a pas précisé. Peut-être, oui, par sécurité.

– Par sécurité ? répète-t-elle d'un ton peu convaincu.

– Si vous préférez, nous pourrions aller à côté boire un café, plutôt que de rester debout là », propose-t-il en s'efforçant par tous les moyens de prolonger la conversation.

La brasserie est déserte, comme l'a prédit Edward. Julian choisit un box pour quatre. Elle voudrait de l'eau glacée, Badoit si possible. Il commande une grande bouteille, deux verres, de la glace et du citron. À l'aide d'un couteau, elle décachète l'enveloppe. Du papier A4 blanc tout simple. L'écriture d'Edward sur le recto et le verso. À vue de nez, cinq pages.

Elle tient la lettre sur le côté pour la sortir du champ de vision de Julian. Sa manche droite est remontée jusqu'à son coude. Longue cicatrice blanche boursouflée sur la peau olivâtre. Auto-infligée ? Ce n'est pas son genre.

Elle replie les pages et les remet dans l'enveloppe. Elle ouvre les deux G du fermoir de son sac Gucci, y glisse la lettre et le referme d'un geste. Ses mains sont d'autant plus belles qu'elles sont celles d'un travailleur manuel.

« Quelle imbécile ! s'exclame-t-elle. Je n'ai rien pour écrire. »

Julian demande à la serveuse, mais en vain. Il se rappelle avoir vu une supérette à proximité. Vous m'attendez ? Pourquoi lui pose-t-il cette question ? Que pourrait-elle faire d'autre ?

« Et prenez une enveloppe aussi, je vous prie.

– Oui, bien sûr. »

Il se rend au magasin en courant à toutes jambes, mais il doit faire la queue à la caisse. À son retour, il retrouve Mary exactement telle qu'il l'avait laissée, en train de siroter son eau glacée en observant la porte. Un bloc de papier à lettres bleu Basildon Bond. Un paquet d'enveloppes bleues assorties. Et un rouleau de Scotch. Pour vous.

« Vous avez même pensé au Scotch. C'est pour sceller l'enveloppe ?

– C'est l'idée, oui.

– Je ne dois pas vous faire confiance ?

– Edward ne m'a pas fait confiance. »

Elle aimerait sourire, mais elle est occupée à écrire en cachant ce qu'elle écrit de son autre main tandis que Julian s'applique à ne pas regarder.

« Quel est votre nom, je vous prie ?

– Julian.

– C'est sous ce nom qu'il vous connaît ? Julian ? demande-t-elle, tête baissée, toujours en train d'écrire.

– Oui.

– Quand recevra-t-il ma réponse ?

– Demain soir, quand il viendra à ma librairie.

– Vous avez une librairie ?

– Oui.

– Comment va-t-il dans son cœur ? »

Veut-elle dire : comment va-t-il moralement étant donné que sa femme est mourante ? Sait-elle que sa femme est mourante ? Ou veut-elle dire quelque chose de complètement différent, comme le soupçonne Julian ?

« Il tient le choc, vu les circonstances, répond-il sans préciser quelles circonstances.

– Quand aurez-vous la possibilité de lui parler seul à seul ?

– Demain.

– Vous n'êtes pas vexé ?

– Par quoi ? Non, pas du tout. »

Il comprend qu'elle fait référence au Scotch. La main puissante en déchire un morceau et scelle l'enveloppe.

« Quand vous lui parlerez, veuillez lui raconter ce que vous avez vu. Je vais bien, je suis sereine, je suis en paix. C'est bien ainsi que vous m'avez vue, non ?

– Oui. »

Elle lui tend l'enveloppe.

« Alors merci de me décrire comme vous m'avez vue. C'est ce qu'il voudra. »

Elle se lève. Il la raccompagne à la porte. Elle se retourne vers lui et, en guise de merci, pose une main sur son bras et effleure sa joue de la sienne en un baiser de pure forme. Son parfum corporel s'élève de son cou nu. Quand elle sort, il se rend compte que la Peugeot avec chauffeur stationnant sur la place de parking est pour elle. Alors que le chauffeur se hâte d'aller ouvrir la portière, le trader affûté en Julian note le numéro de la plaque dans son agenda avant d'aller prendre le métro pour retourner à la gare de Liverpool Street.

*

Julian n'arriva au magasin qu'à 23 heures ce soir-là, plus fatigué que jamais de toute sa vie. Il lui fallut donc un instant pour comprendre ce qu'était l'apparition spectrale devant ses yeux. Encore une enveloppe, cette fois-ci scotchée à la porte vitrée et ornée d'un Post-it jaune sur lequel Matthew avait écrit :

UNE LETTRE D'UNE DAME !!

Estimant qu'il avait eu son lot de missives secrètes pour aujourd'hui, il ouvrit l'enveloppe.

Cher Julian (si je puis me permettre),

J'ai entendu tellement de choses sympathiques sur vous. Quelle coïncidence que votre père ait été à la même école que mon mari. Et comme c'est gentil à vous de lui fournir une occupation dont il a tant besoin. Comme vous le savez peut-être, j'occupe depuis dix ans la fonction honorifique de bienfaitrice de notre magnifique bibliothèque locale, et ce grâce à mon père, qui éprouvait pour cet établissement une véritable passion. Je remarque que vous êtes membre de droit du comité directeur. Pour toutes ces raisons, pourrais-je vous inviter à un dîner informel chez nous ?

Ma santé n'étant pas au mieux ces temps-ci, vous devrez nous prendre comme vous nous trouverez. N'importe quel soir à votre convenance, dès que vous serez disponible.

Bien à vous,

Deborah Avon

« Quel genre de dame ? demanda Julian à Matthew le lendemain matin dès l'ouverture.

– Une doudoune marron un peu cheap, mais des yeux ravissants.

– Quel âge ?

– Comme vous. Vous avez regardé *Le Docteur Jivago*, hier soir ?

– Non.

– Elle portait exactement le même foulard que Lara. On aurait dit l'original. Ça m'a fichu un choc. »

7

« Stewart chéri ! Quel bonheur ! Et quelle surprise ! Oh, il ne fallait pas ! » s'écria Joan sur le pas de la porte en acceptant les deux bouteilles de bourgogne rouge qu'il lui tendait.

Quand il avait étudié la carte, Proctor s'était imaginé un charmant cottage typique du Somerset recouvert de clématites, mais, à sa descente du taxi, il avait découvert le genre de pavillon aux tuiles d'un vert criard qui avait dû faire s'arracher les cheveux aux anciens du village.

« Stewart ! Quel plaisir de te voir, mon vieux ! Toujours au turbin, alors ? Veinard ! » s'exclama Philip en bon Anglais débonnaire et franc du collier.

Prenant appui sur sa canne en frêne, il contourna Joan d'un pas boitillant pour échanger une poignée de main virile avec Proctor, un large sourire aux lèvres. Seuls quelques rares cheveux gris parsemaient sa belle chevelure brune, mais le large sourire était figé, constata Proctor avec inquiétude, et un des deux yeux à moitié fermé.

« Eh oui, c'est la vie, commenta Philip de lui-même en remarquant son regard. J'ai eu quelques petits soucis, pas vrai, chérie ? Ne jamais dire du mal de notre bon vieux système de santé publique. Ils ont été au top de bout en bout.

– Et toutes ces infirmières qui te chouchoutaient, ces gourgandines ! intervint Joan en s'esclaffant. Ça, ça l'a ressuscité vite fait bien fait. Parce que, même si tu n'as jamais voulu l'admettre, tu étais bel et bien mort en arrivant à l'hôpital, pas vrai, chéri ? »

Rires partagés.

« Et après, je me suis dit que c'était de voir cette maison qui allait l'achever, lui qui adorait tant Loganberry Cottage. Mais dans l'urgence, c'est tout ce que j'ai pu trouver de plain-pied. Et en fait, il est aux anges. Il a une ravissante kiné qui vient lui rendre visite une fois par semaine et il se régale dans sa vie de banlieusard. Il ne va pas tarder à vouloir des nains de jardin, pas vrai, chéri ?

– Oh oui, peints de toutes les couleurs ! » s'écria Philip dans un nouvel éclat de rire.

Était-ce bien là le couple merveilleux que Proctor avait connu vingt-cinq ans plus tôt ? Philip, courbé sur sa canne, diminué par son AVC, et Joan, silhouette maintenant chevaline dans son pantalon à taille élastique, son tee-shirt orné d'un panorama du vieux Vienne s'étalant sur sa poitrine opulente ? Proctor se rappelait l'époque où elle était d'une beauté irréelle, directrice des opérations au Levant, tandis que Philip fumait sa pipe et gérait les réseaux du Service en Europe de l'Est depuis une Station délocalisée près de Lambeth Palace. Le plus brillant et le plus intelligent des couples du Service, disait-on. Et quand, au début de la guerre de Bosnie, Philip avait été nommé chef de la Station de Belgrade renforcée avec Joan comme numéro 2, on aurait pu entendre résonner les applaudissements jusqu'au service des Paiements au sous-sol.

Dans un salon-salle à manger dont la baie vitrée donnait sur un minuscule jardin maraîcher et, au-delà, sur l'église médiévale où Joan s'occupait des arrangements floraux deux fois par mois, ils se régalèrent du bœuf bourguignon qu'elle avait cuisiné, accompagné des pommes de terre préparées par Philip et du bourgogne apporté par Proctor, tout en discutant gaiement de l'état de la Grande-Bretagne (catastrophique), de l'Afghanistan (un désastre, on devrait limiter nos pertes et partir) et de l'omniscience de leur femelle labrador noire dont le nom, mystérieusement, était Chapman.

Ce fut seulement une fois installés avec du café et du cognac dans la petite véranda que, par accord tacite, ils se sentirent libres d'évoquer le motif inconnu qui avait amené Stewart à leur porte. Car les professionnels du renseignement d'un certain âge savent bien que, si des sujets sensibles doivent être discutés, mieux vaut le faire dans une pièce dépouillée, sans mur mitoyen ni lustre.

Ayant chaussé des lunettes de mamie à monture épaisse, Joan trônait sur une grande chaise en rotin dont le dossier formait un halo derrière sa tête. Philip, assis jambes écartées sur un coffre indien sculpté couvert de coussins, tenait des deux mains sa canne, sur laquelle il avait posé le menton. Chapman se prélassait sur ses chaussons. Sur ordre de Joan, Proctor avait pris le fauteuil à bascule – mais attention, ne recule pas trop loin avec, hein !

« Alors, tu joues les historiens, en ce moment ? avança-t-elle d'après le peu que Proctor lui avait raconté au téléphone.

– Eh oui, convint-il en prenant un air résigné. Quand ils m'ont convoqué, j'ai cru qu'ils allaient m'annoncer que j'avais fait mon temps, je ne te le cache pas. Mais en fait non, ils m'ont proposé une mission courte vraiment intéressante.

– Sacré coup de bol ! grogna Philip.

– Et ça consiste en quoi ? demanda Joan.

– Je dépanne à la section Formation, en gros. Ma tâche principale est de produire une version expurgée de certains dossiers pour qu'ils soient utilisés comme cas d'étude pour les nouveaux entrants, dans le cadre d'un cours qui s'appelle "Gestion des agents sur le terrain". À la fois du contenu pour des conférences et des exercices d'entraînement.

– Ah, on aurait bien eu besoin de ça quand on a intégré le Service, pas vrai, chérie ? De notre temps, il n'y avait quasiment pas de formation.

– Deux semaines pour apprendre à archiver de la paperasse, confirma Joan, ses yeux au regard pénétrant toujours fixés sur Proctor, dont elle savait très bien qu'il les enfumait. Alors, que pouvons-nous pour toi, Stewart ?

– Eh bien, chaque fois que c'est possible, nous aimons inclure les témoignages des principaux acteurs. Les administrateurs, les analystes et surtout, pour donner de la chair, les anciens officiers traitants. »

Philip s'employait à grattouiller l'oreille de Chapman, mais Joan ne lâchait pas Proctor des yeux.

« Quelle expression incroyable ! s'esclaffa-t-elle. Donner de la chair, c'est carrément coquin. Tu nous l'as inventée à l'instant, Stewart ?

– Mais non, chérie, ne sois pas stupide, intervint Philip. On est largués, tous les deux. Ils ont tout un nouveau jargon, aujourd'hui. Des "N+1", des "RH" au lieu de notre bon vieux service du Personnel, des "groupes témoin"... Tout ça au lieu de juste assurer le boulot, pfff !

– Bon, à supposer que vous soyez partants tous les deux, il y a un dossier en particulier dont nous pensons qu'il ferait un très bon cas d'étude, enchaîna Proctor sans se laisser démonter. Et bonne nouvelle, il vous concerne tous les deux, ce qui nous permet d'en avoir deux pour le prix d'un, si vous me passez l'expression. En espérant que vous êtes volontaires pour un interrogatoire dans les règles, ha ha, j'ai apporté la lettre type du Secrétariat vous autorisant à vous exprimer en toute liberté. Vous pouvez tout dire, y compris critiquer la Direction, précisa-t-il, ce qui fit pouffer Philip. Nous nous chargerons de toutes les révisions nécessaires. Une chose très importante avant même de commencer : ne vous limitez pas à ce que vous supposez que nous avons dans le dossier. Comme vous le savez mieux que personne, les dossiers d'agents sont réputés surtout pour ce qu'ils ne disent pas. Et a fortiori les anciens dossiers. L'essentiel de ce qui se passe sur le terrain n'est pas consigné sur papier, ce qui est sans doute aussi bien pour toutes les personnes concernées. Donc le conseil, ou plutôt la demande, des formateurs, c'est que vous partiez du principe que nous ignorons tout du dossier. Vous nous racontez tout de A à Z, vous nous dites comment ça s'est passé pour vous personnellement et pas juste pour le Service, vous déballez tout. Et si vous éprouvez une furieuse envie de débiner la Direction, aucune inquiétude quant à vos pensions ou quoi que ce soit. »

Long silence que Proctor trouva un peu déconcertant, le temps que Joan étudie la lettre avec une autre paire de lunettes accrochée à son cou, puis la passe à Philip, qui la lut avec la même attention avant de la rendre à Proctor en hochant la tête d'un air atterré.

« Donc ils ont placardisé le grand Doctor Proctor à la Formation, commenta Joan. Ben mon vieux !

– Je suis simplement en détachement, Joan. Et j'ai eu une bonne carrière, avant.

– Et qui donc est notre chien renifleur en chef, maintenant que tu as été envoyé chercher de la chair, comme tu dis ? J'imagine que la maison n'est pas restée sans sur-veillance. »

Proctor ne put que secouer la tête à regret pour impliquer que, hélas, il n'était pas autorisé à lui fournir de détails sur l'ordre de bataille actuel du Service, tandis que Joan continuait à le dévisager sans relâche et Philip à masser l'oreille de Chapman.

« Et juste pour que ce soit bien clair, même si le sujet de ce dossier sur lequel nous souhaitons vous entendre est encore en vie, nous n'avons pas l'intention de lui laisser supposer que nous nous intéressons à lui, ajouta Proctor en prenant un ton plus formel. En termes officiels, tout contact avec lui est strictement prohibé jusqu'à ce qu'on vous informe du contraire. Est-ce bien compris ?

– Oh là là, mon pauvre Edward, soupira Joan. Dans quoi es-tu allé te fourrer, encore ? »

*

Pour commencer leur « petit séminaire impromptu », selon sa formule, Proctor fit la liste de quelques rubriques qu'il avait inventées arbitrairement pendant son trajet en train.

« En gros, on commence par "origines sociales et influences formatrices", ensuite "recrutement, entraîne-ment et gestion", puis "capacités sur le terrain et matériau fourni", et enfin "réinsertion" quand c'est le cas. Philip, ça te dit d'attaquer ? »

Mais Philip n'était pas du tout sûr de vouloir attaquer. Dès l'instant où Proctor avait mentionné Edward, son visage déformé s'était crispé en une expression de refus obstiné.

« Tu parles de Florian, c'est ça ? Notre HC à Varsovie. C'est sur lui qu'ils veulent les infos ? »

Proctor le lui confirma. HC, qui signifiait « Honorable Correspondant » dans le jargon du Service, désignait un auxiliaire non officiel.

« Eh bien, Florian était un super *Joe*. Et il n'a rien à voir dans le fait que le réseau ait été grillé, si c'est ça qu'ils prétendent maintenant.

– Et c'est précisément comme ça que nous voulons raconter son histoire, le rassura Proctor. De façon positive et en toute honnêteté. Grâce à votre aide.

– Et ne va pas croire que c'est moi qui l'ai recruté. C'est Barnie. Moi, j'étais encore à Londres. »

Pause révérencieuse à l'évocation de Barnie, grand recruteur de la guerre froide aujourd'hui décédé, habitué de Chez Les-Lee et autres hauts lieux de la rive gauche parisienne, joueur de flûte de Hamelin, papa poule de tous ses *Joes*.

« Enfin, le temps que Barnie lui mette le grappin dessus, Florian s'était pratiquement autorecruté tout seul comme un grand, ajouta Philip d'un ton incisif. Donc ce n'était pas vraiment un exploit pour Barnie de harponner un gars déjà chaud pour y aller. Florian ne fonctionnait ni à l'argent ni à l'adrénaline. C'était l'homme d'une cause. Il suffisait de lui agiter sous le nez une cause en laquelle croire et il fonçait direct. En fait, c'est Ania qui a allumé le flambeau, pas Barnie, même s'il s'en est attribué le mérite. Moi je n'ai jamais fait ça, m'attribuer le mérite de quoi que ce soit. »

Philip aurait pu continuer dans cette veine pendant un moment si Proctor n'avait pas jeté un coup d'œil à Joan pour solliciter son aide.

« Chéri, tu ne peux pas démarrer comme ça en plein milieu de l'histoire. Si ça se trouve, Stewart ne sait même pas qui est Ania. Ou en tout cas, il fait semblant de ne pas le savoir. Tu ne peux pas la sortir de ton chapeau comme un lapin, n'est-ce pas, Stewart ? Tu es censé parler des origines sociales et des influences formatrices. »

Ainsi rappelé à l'ordre par son épouse, Philip passa un moment à bouder, sans trop savoir s'il allait lui obéir ou repartir sur sa lancée.

« Je vais te dire une bonne chose sur ses origines sociales, explosa-t-il. Florian a eu l'enfance la plus pourrie qu'on puisse imaginer. Tu es au courant pour son père, je suppose ? »

Une fois de plus, Proctor dut gentiment lui rappeler qu'il ne fallait pas partir de ce principe.

« Bon. Son père était polonais, OK ? Un beau salaud. Catholique intégriste, fasciste débridé, il trouvait les nazis tip top. Il leur a léché le cul, il les a aidés pour les déportations, il leur a indiqué des cachettes de juifs et il a décroché un emploi de bureau pépère qui consistait à les expédier en masse dans les camps. Bref... Après la guerre, il s'est fait serrer. Il se planquait dans une ferme en jouant les bouseux. Procès expéditif, pas de fioriture, pendaison sur la place du marché devant un gros public. Comme sa femme n'avait rien d'un ange non plus et que l'époque était à la justice punitive, ils l'ont cherchée aussi, mais ils n'ont jamais pu la trouver. Tu sais pourquoi ?

– À toi de me le dire, répondit Proctor avec un sourire.

– Parce que, quand sonna le glas, elle avait déjà été exfiltrée par son salopard de mari en Autriche, et elle vivait tranquille sous un nom d'emprunt dans un couvent à Graz où elle a accouché de son fils. Sept ans plus tard, elle fait le tapin à Paris avec le gamin en bandoulière. Florian. Deux ans après, elle épouse un Anglais rasoir qui travaille dans l'une des cinq plus grosses banques du pays. Passeport britannique pour elle et pour son fils. Pas mal pour une

traînée polonaise avec le cadavre d'un criminel de guerre nazi dans son placard.
– Et Florian a découvert tout ça quand ? demanda Proctor en prenant studieusement des notes sur son calepin.
– À quatorze ans. Quand sa mère le lui a révélé. Elle était rongée par l'angoisse que les Polonais retrouvent sa trace et la rapatrient à Varsovie avec lui, ce qui n'est jamais arrivé. Ses faux papiers étaient indétectables. Les Polonais n'ont jamais fait le lien. On a vérifié jusqu'en haut de la pyramide. »

Philip referma la bouche en une grimace. Mais c'était juste une pause avant de redémarrer.

« Et c'est à ma connaissance la seule et unique chose au sujet de laquelle Florian ait menti de toute sa vie. Il ne pouvait pas assumer ce père atroce, alors il l'a réinventé. Il a sorti plein d'histoires différentes à plein de femmes différentes. Un jour, je lui ai dit : "C'est quoi ces conneries que tu as racontées à Gerda, si c'est bien son nom, sur ton père l'héroïque capitaine de bateau ? C'était juste pour l'attirer dans ton lit ?" Il n'a jamais rien reconnu, attention. Pas après l'entraînement qu'on lui avait fait faire. Il nous a dit que seul comptait pour lui son gentil beau-père anglais. N'importe quoi ! »

Puis il ajouta, comme s'il venait d'y penser :

« Et si tu veux savoir d'où il tient sa haine viscérale de la religion, ça démarre de façon très compréhensible avec un anticatholicisme fervent et ça se ramifie à partir de là. C'est ça, le genre d'infos que tu veux ? »

« Influences formatrices ? répéta Philip en faisant rouler les mots sur sa langue avec mépris. Mais bon Dieu, t'as qu'à regarder son foutu dossier ! OK, on fait semblant qu'il n'a pas de dossier. Du jour où sa mère lui a parlé de son père biologique, il est devenu un bolchevique anti-impérialiste et antifasciste forcené, et un vrai fouteur de merde dans l'école privée anglaise où on l'avait envoyé. Meneur de la brigade anti-Vietnam, absent à tous les services religieux, membre encarté de la Ligue de la jeunesse communiste. Inutile de te dire que la Sorbonne l'a accueilli à bras ouverts et lui a farci la tête d'une idéologie du même acabit. Six ans plus tard, il retournait de son propre gré dans le pays de son père. Avant ça, il avait fait un an à Zagreb, un an à La Havane et un an à Uppsala, et là, il enseignait l'analyse marxiste-léniniste de l'histoire à l'université de Gdansk à des hordes de catholiques indécrottables qui vivaient sous le joug d'une dictature marxiste à la ramasse. Totalement impensable quand on ne connaît pas l'Europe centrale, totalement banal quand on connaît, conclut Philip d'un ton agressif.

– Et c'est une fois en Pologne qu'il a eu son épiphanie, n'est-ce pas, chéri ? intervint Joan en remplaçant discrètement son verre de cognac par un verre d'eau avant qu'il ait pu se resservir.

– Absolument ! Ces Polonais l'ont écœuré jusqu'à la lie. Une année à Gdansk, et le credo communiste était devenu la plus grosse arnaque depuis l'invention de la religion. Mieux encore, il n'en a pas dit un mot à âme qui vive avant de rentrer à Paris à Noël, où il l'a chuchoté sur l'oreiller à Ania. Une fille fantastique, hein, chérie ? Une Polonaise en exil. Danseuse classique. Magnifique, courageuse comme pas deux, folle de Florian. Pas vrai, chérie ? Pas vrai ?

– Tu as complètement craqué pour elle, répondit Joan d'un ton acide. Heureusement que Teddy l'avait déjà séduite.

– Donc c'est Ania qui a été indirectement responsable du recrutement de Florian ? s'enquit Proctor en notant quelques mots inutiles dans son calepin.

– Alors, attention, hein ! »

Philip serra de toutes ses forces la poignée de sa canne pour se mettre debout et, se postant dos aux fenêtres, joua les conférenciers à la place de Proctor :

« Ce que tes petits camarades doivent comprendre, c'est que Florian était un agent absolument unique, un vrai cadeau des cieux. Jamais ils n'auront un *Joe* aussi dévoué, avec un CV aussi impeccable. Il avait un passé communiste cinq étoiles, et on pouvait farfouiller où on voulait, tout était cent pour cent officiel. Il était en place, sur cible, avec une couverture parfaitement établie d'universitaire de second rang et des papiers pour lesquels on aurait tué père et mère.

– Une fois de plus, quel était le rôle d'Ania, là-dedans ? redemanda Proctor.

– La famille d'Ania était très impliquée dans la résistance polonaise. Un frère torturé et fusillé, un autre jeté en prison. Ania était à Paris quand ils ont été arrêtés, et elle y est restée. Barnie écumait le milieu des émigrés polonais, donc il la connaissait. Florian lui est tombé tout cuit dans la poche, ou presque. Les agents de première classe sont rarement aussi faciles à recruter, répondit Philip en retournant sur son coffre indien comme un acteur à la fin de son numéro.

– Et ses capacités sur le terrain, Philip ? relança Proctor en cochant une nouvelle case. On pourrait le faire venir pour un séminaire de temps en temps ? Tu as décrit Florian quelque part comme étant un plongeur sous-marin. Mes petits jeunes seraient fascinés de savoir ce que tu veux dire par là. »

Longue rumination suivie par une exhortation soudaine : « C'est du bon sens. Quoi qu'on fasse, ne pas juste surfer sur la vague, mais se fondre dans le courant, émettre les bonnes phéromones. Par exemple, ne jamais voyager en solo quand on peut se joindre à un groupe. Si on a un *treff* à Varsovie et qu'il y a un car affrété pour des profs, prendre ce car. Prêter sa machine à écrire ou sa Lada, quand on en a une. En échange, laisser les gens vous rendre un service, mais sans jamais rien forcer. Si quelqu'un rend visite à sa vieille mère à Poznán, aurait-il ou elle l'extrême gentillesse de remettre ce livre ou cette boîte de chocolats à un ami ? Florian savait déjà tout ça. On lui a juste dit comment l'utiliser. Et au final, ça ne lui a pas réussi. Rien ne lui a réussi. Les réseaux ont une durée de vie limitée. Je le lui avais dit dès le début. Un jour, ça explosera en vol, alors soyez prêt. Il ne m'a pas écouté. Ce n'était pas ce genre de *Joe*. »

C'était le moment qu'ils avaient repoussé d'un commun accord. Philip avait laissé tomber sa tête en avant et foudroyait du regard ses deux mains, serrées fort sur ses genoux. Joan, plus maîtresse d'elle-même, se tripotait les cheveux et regardait l'église par la paroi vitrée de la véranda.

« On l'a surexploité, nom d'une pipe ! explosa Philip d'un ton amer. Il ne faut jamais surexploiter son *Joe*, c'est la règle numéro 1. Je l'ai dit à la Direction, mais ils ne m'ont pas écouté. Ils ont cru que je m'étais trop rapproché de mes agents sur le terrain. "Vous exagérez, Philip. Tout est sous contrôle. Prenez donc une permission." Putain ! »

Visiblement contrit de son emportement, Philip accorda une caresse rassurante à Chapman, qui avait levé la tête, inquiète. Puis il reprit d'une voix plus calme pour expliquer qu'avant l'arrivée de Florian, la Station de Varsovie était en plein surmenage collectif.

« Trois jours à jouer au chat et à la souris chaque fois qu'on voulait poster une lettre. Tous les employés locaux de l'ambassade considérés par principe comme étant des agents doubles. Tous les occupants, depuis le chat de madame l'ambassadeur jusqu'au plus haut niveau, suivis, surveillés et sur écoute H24. Et puis, alléluia, débarque de nulle part ce tout nouvel HC de Gdansk qui ne demande qu'à bosser. »

Nouvelle péroraison, aussi véhémente que la première : « Je l'ai dit et répété à la Direction. "Vous ne pouvez pas demander à Florian de remplir et vider toutes les putains de boîtes aux lettres mortes de Gdansk à Varsovie. Vous ne pouvez pas lui demander de s'occuper de chacun des agents de seconde main et des transfuges inscrits sur nos tablettes. Des Polonais qui se proposent d'espionner pour nous, il y en a des palanquées. On a l'embarras du choix. Mais si vous exigez trop de lui, tout le château de cartes va s'effondrer." Et c'est ce qui s'est passé. Nos deux meilleurs *Joes* arrêtés le même soir, un troisième le lendemain matin. Ils ne se connaissaient pas entre eux, mais ça n'allait pas traîner avant que le viseur se pointe sur Florian. On avait prévu un plan d'exfiltration correct : un vieux camion à viande dans un garage désaffecté en lisière de Varsovie avec une cache de la taille d'un homme. Pas très original, mais on l'avait testé et ça marchait. Je lui envoie un message urgent : "Florian, rappliquez tout de suite à Varsovie." Pas de réponse. Deux jours plus tard, il se pointe et il commence à avoir ses vapeurs. Il dit que c'est aussi sa Pologne à lui et qu'il préfère sombrer avec le navire. Moi je lui réponds : "Mais je vous l'ai dit depuis le début que la bulle allait péter un jour, et ce jour c'est aujourd'hui, alors fermez-la et montez dans ce putain de cercueil." Dix heures plus tard, il est assis dans un manoir du Devon à pleurer toutes les larmes de son corps en disant que tout est de sa faute, ce qui est totalement faux. Ses capacités sur le terrain étaient de tout premier ordre, impeccables. C'était nos transmissions, le problème. Elles avaient été craquées. Mais il persistait à se flageller. Voilà le genre du bonhomme. Il se mettait sur les épaules toute la responsabilité de l'univers. Un type dévoué à la cause. Et je te serais très reconnaissant de bien vouloir faire passer ce message à tes nouvelles recrues : si la Direction fait bosser vos *Joes* comme des bourrins, ne dites pas oui monsieur, merci monsieur, parfait monsieur, dites-leur d'aller se faire foutre.

– Joan, à toi », ordonna Proctor.

Mais il lui faudrait attendre pour un récit complet, car dès sa première question, une dispute conjugale éclata. Par pure curiosité en apparence, il demanda quand l'histoire d'amour entre Edward et Ania avait pris fin, et si c'était avant qu'Edward retourne en Angleterre et que Deborah entre en scène pour le débriefer.

Pour Philip, la question était superflue : leur liaison arrivait en bout de course, Edward avait papillonné à droite à gauche, Ania s'était lassée de leur relation à distance. Sa vraie passion, c'était la danse et il y avait plein d'autres hommes dans le monde. Donc, au moment où la Direction avait lancé son autopsie classique pour comprendre comment le réseau était tombé (un joli gâchis d'argent public, si on voulait l'avis de Philip), Edward se retrouvait « seul, désœuvré, abattu, disponible pour Deborah ou toute autre fille à l'affût ».

« N'importe quoi, chéri ! s'insurgea Joan. Ania adorait Teddy. S'il avait sifflé, elle l'aurait rejoint ventre à terre, danse ou pas danse. Lui, il est rentré en Angleterre complètement ravagé. Était-il ce pauvre Polonais perdu qui avait envoyé ses amis droit dans le mur ou bien ce héros britannique de retour au pays que Deborah lui disait qu'il était ? Les analystes ont passé deux semaines avec lui, enfermés dans une charmante demeure de la campagne anglaise avec toutes les commodités modernes. Et Deborah qui lui épongeait le front en lui disant qu'il était le meilleur HC de tous les temps. "Disponible" ? La proie idéale, oui !

– Sans compter qu'à l'époque, dans le Service, Deborah était en gros la reine de l'Europe, rappela Proctor. Si Deborah disait que Florian était une star, le Service devait en penser autant, j'imagine. »

Mais Joan n'en avait pas fini avec Deborah.

« Elle l'a attiré dans son lit alors qu'il était encore somnambule. Elle a violé tous les principes en vigueur. »

Joan n'avait pas tort, malgré tous les grommellements de Philip. L'éthique du Service avait érigé un mur infranchissable entre les professionnels maison et les agents sur le terrain. Pour Deborah et Florian, la Direction avait fait une exception.

Mais il fallait que Philip ait le dernier mot :

« Enfin, Joan, il est tombé sous son charme ! Elle était sa Britannia ! lança-t-il en ignorant le rire moqueur de Joan. Il est comme ça. Il projette une image sur une femme, et puis il tombe éperdument amoureux de cette image. Elle était anglaise jusqu'au bout des ongles, loyale comme personne, belle et riche. Edward a eu une sacrée chance. »

Si son épouse fut convaincue par cette affirmation, le moment de sa conversion resta invisible à Proctor.

*

Les propos liminaires de Joan pour ce nouveau chapitre, sur un ton déclamatoire, avaient des accents wagnériens : « La Bosnie ! Plus jamais ça, qu'on disait. Eh ben, on a été servis... Six micronations qui se disputent l'héritage de Grand-Papa Tito. Chacune se bat au nom de Dieu, chacune veut dominer, pas une pour rattraper l'autre. Comme d'habitude, tout le monde est dans son bon droit et mène des guerres que leurs grands-pères avaient déjà menées et perdues deux cents ans plus tôt. »

Et des histoires atroces qui défiaient l'entendement, pas besoin de le préciser. Mutilations, crucifixions, empalements, massacres aveugles, surtout de femmes et d'enfants. Elle s'était attendue à ce que ce conflit soit terrible, mais pas au point de combiner la guerre de Trente Ans et l'Inquisition espagnole. La Direction avait établi des règles très claires :

« Phil servait d'agent de liaison avec les innombrables agences de renseignement qui se marchaient sur les pieds, y compris les chefs des six services secrets belligérants de l'ex-Yougoslavie, ce qui aurait largement suffi pour un seul homme, mais en plus il collaborait avec le commandement des Nations unies et les représentants de l'OTAN, et il briefait certaines ONG sur l'état des combats et les zones de danger extrême. Bref, en gros, chéri, tu opérais en plein jour, hein ? Et tant mieux, d'ailleurs. Plus tu étais en plein jour, mieux c'était pour ma petite personne, pauvre épouse simplette qui faisait la conversation à mon voisin de table pendant les dîners.

– Mon excédent de bagage, le parasite dans toute sa splendeur, jamais elle n'aurait dû être autorisée à venir à

Belgrade ! confirma fièrement Philip. Et elle les enfumait tous ! Pour un peu, elle m'aurait enfumé moi ! »

Après quoi il lâcha un « ha ! » de jubilation à ce souvenir et caressa Chapman du bout de son pied.

Pendant que Philip s'activait en plein jour, la première priorité de Joan en tant que numéro 2 dans l'ombre était de réactiver les sources de la Station héritées de l'ère Tito, des Serbes, des Croates, des Slovènes, des Monténégrins, des Macédoniens, des Bosniaques, dont beaucoup, étonnamment, étaient toujours rémunérés. En une redite de la situation à laquelle Philip avait été confronté à Varsovie, son besoin le plus criant était de trouver un HC expérimenté pour l'expédier vite fait sur le terrain.

Dans ces circonstances, le nom de Florian était tout naturellement revenu sur la table.

N'avait-il pas enseigné, dans une vie antérieure, en tant que jeune maître de conférences à l'université de Zagreb, en Croatie ?

N'était-il pas dans le domaine du possible que certains de ses anciens étudiants et collègues occupent des postes haut placés dans leurs pays respectifs ?

Ne parlait-il pas parfaitement croate ?

Et n'était-il pas, lui le camarade slave à moitié polonais, plus acceptable (plus sexy, comme avait dit Joan) aux yeux des belligérants que n'importe quel Brit bon teint n'aurait pu l'être ? Il suffirait d'accentuer son côté polonais et de mettre en veilleuse le Brit en lui, et une fois de plus, il était du pain bénit pour une Station débordée.

Mais Florian marcherait-il ? Le fiasco polonais avait-il épuisé ses réserves de courage ? La paternité l'avait-elle changé ? Et surtout, la Direction tolèrerait-elle la réactivation d'un ancien agent de terrain aujourd'hui marié à l'une des employées les plus précieuses du Service ?

À l'étonnement de Joan, oui. Qui avait poussé, qui avait tiré ? Elle ne l'avait jamais su, mais elle en avait une assez bonne idée.

« Leur fille était encore petite, à l'époque. Edward l'adorait, mais les ours en peluche et les tricycles, ce n'était pas trop son truc. Ils étaient riches, ils avaient des nounous. Après la Pologne, le Service avait refilé à Edward quelques boulots ponctuels : des missions de coursier, des remplacements de permissionnaires dans des Stations à l'étranger, des tests rapides lors des recrutements. Et Deborah, pendant ce temps ? Elle changeait son fusil d'épaule. C'est une carriériste. Elle se cultivait sur le Moyen-Orient, sa nouvelle passion, et elle se pavanait dans des think tanks anglo-américains pendant que ce pauvre Edward s'ennuyait comme un rat mort chez lui et emmenait sa fille au zoo. »

Ils étaient convenus que le travail d'approche reviendrait à Philip. Florian était alors sur la touche, certes, mais en Pologne c'est Philip qui avait été son officier traitant. Avec l'accord tacite de son épouse, il poursuivit le récit.

« J'ai pris l'avion pour Londres et je suis allé le voir. C'était une idée de Joan. Chez lui. Enfin, chez sa femme. Une journée ensoleillée. Une immense baraque édouardienne dans le Suffolk. Il était là devant sa télé à regarder la guerre en direct. La gamine aussi. Pas étonnant, quand on connaît Florian. Il savait que j'allais venir alors il avait planté le décor. On a bu un scotch, je lui ai demandé comment il allait et il m'a répondu : "On commence quand ?" Juste comme ça. Pas besoin de le convaincre, de parler argent ou pension, rien. Tout ce qui l'intéressait, c'était qui on avait comme sources et lesquelles pouvaient être activées du jour au lendemain. Je lui ai répondu de demander à Joan, qui allait être sa patronne à partir de là. Moi j'étais un officiel, à Belgrade. Ça ne l'a pas du tout échaudé. Il aimait bien Joan. Il l'avait rencontrée à l'occasion de ses permissions et il lui faisait confiance, donc pas de problème. Il était même content d'avoir une femme comme officier traitant, pour une fois. Surtout une belle femme. Et voilà, elle rougit, maintenant. Ce qu'il voulait vraiment savoir, c'était quand il pouvait aller sur le terrain et commencer à se rendre utile. Je sais ce que tu vas dire, chérie : tout ce qu'il voulait, c'était s'éloigner de Debbie. Mais ce n'est pas vrai, tu vois. Il s'était trouvé une nouvelle cause et c'est tout ce qui comptait.

– Et cette cause, c'était quoi, d'après toi ? demanda Proctor en laissant Joan de côté un instant de plus.

– La paix, ça ne fait aucun doute, répliqua Philip sans la moindre hésitation. Arrêtez la guerre, arrêtez les fascistes. Il savait qu'il y en avait plein, en Bosnie. Et il ne faut jamais sous-estimer l'importance du père de Florian, ni celle de son propre passé communiste. Les seuls conseils que je t'ai donnés quand tu l'as repris, hein, Joan ? Un extrémiste est un extrémiste. Qu'il soit ex-communiste ou ex-autre chose, peu importe, c'est le même bonhomme. On ne change pas son raisonnement uniquement parce que la conclusion a changé. On change la conclusion. C'est la nature humaine. Et Stewart, à ce propos, tu peux leur donner un avertissement en ce sens, à tes petits nouveaux, s'ils se lancent dans le recrutement d'anciens fanatiques : ne jamais oublier qui ils ont été, parce que c'est toujours en eux, quelque part. »

*

Premier point à régler : la couverture de Florian, expliqua Joan. On n'était plus en Pologne communiste mais dans une Yougoslavie en pleine implosion, et le pays grouillait tellement de cinglés en tous genres (marchands d'armes, évangélistes, trafiquants d'êtres humains et de drogue, touristes de guerre, journalistes et espions du monde entier) que seuls les gens normaux paraissaient suspects.

Les plus nombreux sur le terrain étaient les humanitaires de tout poil et de tout crin, et la Direction avait décidé que l'habitat le plus naturel pour Florian serait une organisation non pas britannique ou polonaise mais allemande, ce qui lui attirerait une plus grande sympathie des Croates en particulier. Faire accréditer Florian dans une ONG allemande n'avait pas été compliqué, puisque le Service la détenait en partie. Il commencerait à Zagreb, où il avait enseigné.

« Sauf que Florian ne pouvait pas rester en place, déclara Joan d'un ton atterré. Si le Service l'avait rémunéré au kilométrage, il nous aurait vidé la caisse. Il s'est littéralement jeté sur tout le monde, ses anciens étudiants, ses anciens copains et tous ses nouveaux meilleurs amis où qu'ils puissent être. Il se fichait de qui ils pouvaient bien être tant qu'il récoltait des infos auprès d'eux, et plus ils étaient barrés, mieux c'était. Et crois-moi, il y avait de sacrés numéros dans le lot. Le terme "fasciste" est bien en dessous de ce que tu peux imaginer. Il avait surtout la cote auprès des Serbes. Il leur racontait ce qu'ils voulaient entendre, il se pâmait devant leur poésie héroïque, il buvait leurs délires sur leur mission divine de massacrer hommes, femmes et enfants musulmans jusqu'au dernier au nom de la cause sacrée du peuple serbe. Et puis il nous balançait son rapport par radio, ou il me retrouvait dans un bled paumé au fin fond de la montagne.

– Et avec les Bosniaques ? Les musulmans ? » s'enquit Proctor.

Pourtant moins encline que son mari à se laisser perturber, Joan hésita, puis afficha cette expression qui augure
de mauvaises nouvelles :
« Oui, bon, les musulmans étaient voués à finir victi-
misés, non ? C'était écrit en petits caractères en bas du
contrat depuis le début. Et Edward étant Edward, il adorait
les victimes. Donc, le décor était planté, confia-t-elle en
regardant le potager, avant de se tripoter une nouvelle fois
les cheveux.
   – Il me semble me souvenir qu'il y a eu un ou deux
signaux d'alerte, non ? suggéra prudemment Proctor pour
rompre le silence. Des signaux que mes nouvelles recrues
feraient bien de savoir détecter quand ils s'inquiètent des
petites manies de leurs agents, comme nous tous. Tu peux
me donner quelques exemples, Joan ? demanda-t-il, le stylo
suspendu au-dessus de son carnet.
   – Le premier signal d'alerte, comme tu dis, que nous
avons dûment relayé à la Direction dès que c'est arrivé,
était que Florian prenait très mal le fait que ses infos
serbes soient envoyées à Londres et, de là, aux Américains, plutôt que directement transmises aux Bosniaques.
Selon lui, Londres ne les communiquait pas assez vite aux
Bosniaques pour qu'ils puissent se prémunir contre la prochaine attaque. Il a même eu le culot de sous-entendre
que c'était délibéré, ce qui est complètement absurde. Et
Londres n'avait aucune intention de céder d'un pouce
là-dessus, évidemment. On ne peut pas accepter que des
agents de terrain fassent passer leur propre matériau aux
belligérants sur place. Et la relation spéciale de la Grande-
Bretagne avec les États-Unis, hein ? Et l'OTAN ? Donc j'ai
dit à Edward : "Non mais tu crois quoi ? On appartient à
une alliance, pour le meilleur ou pour le pire." Ce que je ne
savais pas, ce qu'aucun de nous ne savait, c'est qu'il était

tombé fou amoureux de toute une famille de non-alignés habitant dans les collines. Laïcs, ce qui est une condition *sine qua non* aux yeux d'Edward, mais très attachés aux traditions musulmanes et employés par une ONG arabe. Enfin bon, il est impossible de surveiller à cent pour cent la vie privée d'un agent, n'est-ce pas ?

– Absolument impossible, convint Philip d'un ton bourru, perdu dans ses pensées.

– Alors, comment aurait-on pu deviner ? Comment quiconque aurait pu deviner, à moins que Florian ne prenne sur lui de nous en parler ? Voilà ce que j'ai dit à la Direction. Qu'étais-je censée faire, avec la Station de Belgrade à gérer et Florian qui se baladait partout dans les collines ?

– Tu n'aurais rien pu faire de plus, chérie », l'assura Philip en tendant le bras pour lui prendre affectueusement la main.

*

Elle n'avait connu le village qu'après, et elle souhaitait que Proctor n'oublie pas ce détail. Après. Un tas de décombres bosniaques parmi tant d'autres, et beaucoup de tombes.

Mais ce village était l'endroit spécial de Florian, le lieu qu'il avait adopté et où il pouvait se ressourcer chaque fois qu'il en avait l'occasion. À l'époque, elle le savait déjà. Ce n'était pas un lieu secret, juste un lieu très personnel. Les deux fois où il lui en avait parlé (sans doute accroupi dans un camion d'aide humanitaire où elle le débriefait), il n'avait pas tant évoqué le village que ses habitants.

En toute honnêteté, elle ne s'était pas plus intéressée au village qu'à ses habitants, ses préoccupations principales étant de s'assurer que Florian allait bien, de planifier leur prochaine rencontre, de récupérer les informations qu'il avait pour elle et de les transmettre à Belgrade.

Selon les descriptions de Florian, ce village ressemblait à n'importe quel autre village bosniaque coincé dans un repli des collines dénudées à une journée de voiture de Sarajevo. Une mosquée, deux églises (une catholique et une orthodoxe) et parfois les cloches se mêlaient à l'appel du muezzin et personne ne s'en souciait, ce que Florian trouvait tout bonnement magnifique.

« Jamais il n'aurait consenti à dire que la religion aidait ces gens, mais au moins elle ne les déchirait pas, alors youpi. Quand il y avait une fête au village, ils chantaient tous les mêmes chansons et se bituraient avec la même gnôle. »

Donc oui, concéda-t-elle, un village idéal, mais simplement au sens où ses habitants vivaient ensemble comme les communautés bosniaques avaient réussi à vivre pendant cinq cents ans avant que tout le monde ne devienne fou furieux.

« Ce qui en faisait un tel paradis aux yeux de Florian était la merveilleuse famille avec laquelle il s'était lié, et je dois reconnaître que ça m'a un peu échappé, à l'époque. Il s'était pointé là un jour en espérant glaner des informations sur les forces en présence, et il avait fini assis à la table d'une famille civilisée avec un beau couple jordanien et leur fils adolescent, à discuter ensemble des subtilités d'un roman français du XIXe siècle. Je ne veux pas paraître blasée, mais ce genre d'événement improbable tenait de la routine. Tout le monde connaissait au moins quotidiennement une expérience de nature à changer sa vie, et souvent cinq par jour. Alors, non, je n'ai peut-être pas écouté avec assez d'attention Florian se répandre sur sa famille de rêve.

Je me concentrais plus sur ce qu'il avait à me dire à propos des mouvements de troupes.

– Quoi de plus normal ?» murmura Proctor d'un ton approbateur tout en écrivant.

Joan se mit à compter sur ses doigts. Voilà ce que nous avons découvert quand il était trop tard, notre douloureuse reconstruction après coup à la demande de la Direction. Allait-elle trop vite pour Stewart ?

Non, non, Joan, tout allait bien.

« Un médecin jordanien du nom de Faisal, qui avait fait ses études et obtenu son diplôme en France. Une Jordanienne, épouse du précédent, prénommée Salma, diplômée des universités d'Alexandrie et de Durham, excusez du peu. Un garçon de treize ans, Aarav, fils des deux précédents, scolarisé à Amman, mais c'est les vacances et il veut devenir médecin comme son père. Tu as noté tout ça ?»

Oui.

« Faisal et Salma gèrent un centre médical sous les auspices d'une ONG non-alignée financée par l'Arabie Saoudite. Leur dispensaire occupe un monastère abandonné en lisière du village. Dans ce monastère, il y a (enfin, il y avait) un réfectoire et un paddock traversé par un ruisseau. Bref, le cadre idyllique. Salma, brillante organisatrice à en croire Edward, a reconverti ledit réfectoire en hôpital de campagne. Faisal est assisté de façon compétente par des infirmiers de terrain fournis par la même ONG arabe. Tous les soirs, des camions arrivent et vomissent leurs blessés. Les combats les plus rudes ont lieu à Sarajevo, mais il y en a aussi dans les montagnes. Le village se considère comme un sanctuaire en raison de la présence du dispensaire. Fatale erreur. »

*

Il est minuit passé dans une Belgrade relativement calme. Joan et Philip sont au lit. Joan rentre à peine d'un aller et retour sur le terrain. Florian n'a pas donné de nouvelles depuis plusieurs jours, mais cela ne veut rien dire. Son dernier *treff* connu était avec un colonel de l'artillerie serbe. Le matériau était d'un niveau tel qu'il lui avait valu un message de félicitations de la Direction. Le téléphone vert sonne sur leur chevet – celui réservé aux agents et uniquement pour les urgences. Joan, en tant que chef des HC de la Station, décroche.

« Et là, j'entends une voix rauque me dire : "C'est Florian." "Florian ? je répète. Quel Florian ? Je ne connais pas de Florian." À ce stade, l'idée que ça puisse être Edward ne m'avait même pas traversé l'esprit. Il n'avait pas la voix de Florian. Je doutais même qu'il connaisse son propre nom de code. La première chose que j'ai pensée, c'est que Florian avait été pris en otage et que celui qui me parlait était son ravisseur. Et puis j'entends : "C'est terminé, Joan" d'une voix totalement atone que je ne reconnais pas. Entre-temps, Philip a décroché sur l'autre poste. Pas vrai, chéri ?

– Pas d'autre choix que de faire durer la conversation, répondit Philip. Ce type connaît Florian, il connaît Joan, donc il a une idée derrière la tête. J'ai fait signe à Joan de continuer à le faire parler le temps que je demande à l'opératrice de tracer l'appel.

– Ce que j'étais déjà en train de faire, bien sûr, reprit Joan. Je me suis dit qu'il fallait le provoquer. "Qui est Joan ? j'ai demandé. Qu'est-ce qui est terminé ? Dites-moi qui vous êtes et je vous dirai si vous avez le bon numéro." Et soudain, c'est Edward. Et là, je sais que c'est bien lui, parce qu'il ne me la joue pas Polonais ni rien d'autre, c'est sa voix à lui. "Ils les ont tués, Joan. Ils ont tué Faisal et son fils." Et moi je dis : "C'est affreux, Edward ! Où es-tu ?

Et pourquoi tu utilises cette ligne ?" Il me répond qu'il est au village. Je lui demande lequel, et il me répond le sien. Et enfin, je lui soutire le nom de ce fameux village. »

*

Ce qu'avait ensuite fait Joan était si incroyable (et si minimisé dans le récit sans fard qu'elle en fit) qu'il fallut un moment à Proctor pour en saisir toute l'audace. Accompagnée d'un interprète, d'un chauffeur et d'un sergent des forces spéciales en civil, elle avait tout simplement pris la décision d'aller sur place. Le lendemain soir, ils avaient trouvé le village, ou du moins ce qu'il en restait. La mosquée avait été détruite et toutes les maisons réduites en cendres. Dans le cimetière, elle avait rencontré un vieux mollah accroupi près d'une rangée de tombes fraîchement creusées.

« Où sont les villageois ? avait-elle demandé.

– Le colonel serbe les a emmenés. Les soldats serbes les ont fait avancer en file indienne à travers un champ de mines. Les villageois devaient marcher dans les traces les uns des autres pour ne pas risquer d'avoir la jambe arrachée.

– Et le médecin ?

– Il est mort. Son fils aussi. D'abord, le colonel serbe leur a parlé, et après il les a abattus pour les punir d'avoir soigné des musulmans.

– Et son épouse ? Le colonel l'a abattue, elle aussi ?

– Il y avait un Allemand qui parlait serbe, mais il est arrivé trop tard pour sauver le docteur et son fils. Un homme qui venait souvent au village et qui logeait chez le médecin. L'Allemand a parlé au colonel en serbe pour le raisonner. On aurait dit de vieux amis, tous les deux. Pendant la discussion, l'Allemand a été rusé. Il a dit au

colonel qu'il voulait garder la femme pour lui. Ça a bien fait rire le colonel. Il a attrapé la femme par le bras et il l'a remise à l'Allemand comme un cadeau. Et puis il a ordonné à ses hommes de remonter dans leurs camions et ils sont repartis.
– Et l'Allemand ? Qu'est-ce qu'il est devenu ?
– L'Allemand a aidé la femme à enterrer ses morts, et puis il l'a emmenée dans sa Jeep. »

Philip tenait à ce que Proctor se rafraîchisse avant de partir et, tant qu'à faire, qu'il passe jeter un coup d'œil à sa tanière. Avec Chapman pour ouvrir la marche, ils firent le tour du minuscule potager et arrivèrent à un abri de jardin dans lequel étaient installés un bureau, un fauteuil et un ordinateur. Sur le mur en frisette, une photo de groupe de l'équipe de cricket du Service en 1979. Un filet contenant de l'ail en train de sécher pendait d'une poutre. Des pots en argile remplis d'aubergines et de courgettes étaient alignés le long du mur.

« Le problème, mon vieux – et ça reste entre nous, hein, ne va pas raconter ça à tes nouvelles recrues, sinon on te supprimera ta pension –, c'est qu'en fait, on n'a pas accompli grand-chose pour changer le cours de l'histoire, pas vrai ? lâcha Philip. Je te le dis de vieil espion à vieil espion : je pense que j'aurais été plus utile en dirigeant un club de boy-scouts. Je ne sais pas si tu partages ce sentiment. »

Le moindre magasin que la cible fréquente régulièrement.

Le moindre commerçant avec lequel la cible s'est liée ou auquel elle a fait l'effort de rendre service. Et tous les services qu'ils ont rendus à la cible en retour.

La moindre instance où la cible a emprunté le téléphone ou l'ordinateur de quelqu'un. Le relevé de toutes les communications entrantes et sortantes.

Mais Billy, quoi que tu fasses, évite de faire des vagues, surtout.

8

Julian essaya un costume bleu sur mesure, trouva qu'il faisait trop City et opta pour une veste sport à carreaux. Il jugea ensuite la veste sport trop voyante et la remplaça par un blazer bleu foncé, un pantalon de flanelle grise et une cravate en soie tricotée œil-de-perdrix de chez Budd, chemisier de Piccadilly Arcade, rare luxe conservé de son passé dépensier. Il noua sa cravate, la dénoua, l'ôta, la mit dans la poche de son blazer, la ressortit et se remit à la nouer tout en ruminant les questions insolubles qui le taraudaient depuis le coup de téléphone passé quarante-huit heures plus tôt.

« Allô ? » avait répondu une voix de femme.

Le rock moderne bruyant qu'il entendait en fond fut coupé.

« Bonjour, je m'appelle Julian Lawndsley et...

– Ah super, le libraire. Vous voulez venir quand ? »

Cela ne pouvait pas être Deborah au bout du fil. Était-ce le foulard à la *Docteur Jivago* ?

« Eh bien, si jeudi vous convient...

– Jeudi c'est bon. Je préviens Maman. Le poisson, ça vous va ? Papa déteste, mais c'est tout ce qu'elle arrive à avaler. Au fait, moi, c'est Lily. La fille, ajouta-t-elle en

baissant la voix comme pour signifier que les filles, c'était l'enfer.
— Ah, euh, bonjour, Lily. Oui, ça me va, je mange de tout. »

Il n'arrivait pas à se remettre d'avoir découvert ainsi, après Dieu sait combien d'heures passées en compagnie d'Edward, que Deborah Avon avait une fille, et a fortiori Edward. Il remarqua que la voix, loin des inflexions soigneusement choisies de son père, était spontanée et insolente.

« 19 heures, c'est bon ? demanda-t-elle. Maman dîne tôt. Elle tient une heure max.
— 19 heures, c'est parfait. »

Ce n'était pas le seul mystère dans sa vie. Les deux ordinateurs du magasin avaient disparu, l'un de la remise, l'autre du sous-sol. Quand la police avait fini par arriver, ils n'avaient pas plus compris que Julian.

« Un travail de pro, s'était contenté de dire le sergent en civil. Au moins trois hommes, un pour faire diversion, deux pour rafler les ordis. Vous vous rappelez un épisode où une cliente aurait fait une crise d'hystérie, ou bien un gamin aurait échappé à la vigilance de ses parents ? Non ? Pendant la diversion, le complice A se glisse dans votre arrière-boutique et se sert pendant que le complice B descend au sous-sol en douce et en fait autant. Vous vous rappelez avoir vu des dames habillées avec des vêtements très amples ? avait-il demandé avant de baisser la voix jusqu'à murmurer sa question suivante : Ça ne pourrait pas être un coup en interne ? Votre employé Matthew, là, il n'a pas de casier à ma connaissance, mais il y a un début à tout, pas vrai ? »

Le plus étrange dans cette histoire fut peut-être la réaction d'Edward quand il arriva ce soir-là pour s'entendre annoncer par Julian la disparition de l'ordinateur contenant sa précieuse correspondance au sujet de la bibliothèque de classiques. Aucun changement visible sur son visage ou dans son attitude. Pourtant, à en juger par l'immobilité cireuse de son regard, on aurait aussi bien pu lui annoncer sa condamnation à mort.

« Les deux ordis, confirma Julian. Et vous n'aviez pas fait de sauvegarde, j'imagine. »

Hochement de tête négatif.

« Eh bien, dans ce cas, on a tout perdu. Mais bon, il nous reste votre liste manuscrite et j'ai un ordi inutilisé là-haut qui fera l'affaire, une fois qu'on aura rerentré toutes les données.

– Parfait, dit Edward en se ressaisissant, comme toujours.

– Au fait, j'ai une lettre pour vous, annonça Julian en la lui tendant. De la part de Mary.

– Qui ça ?

– Mary. La dame de Belsize Park. Elle vous a répondu. »

Avait-il donc oublié qu'il avait demandé à Julian de jouer les facteurs pour lui ?

« Ah, merci ! Comme c'est gentil ! »

Difficile de savoir si cette phrase s'appliquait à la serviabilité de Julian ou au fait que l'inconnue ait répondu.

« Il y a un message, aussi, que je dois vous transmettre de vive voix. Vous êtes prêt ?

– Vous lui avez parlé ?

– C'est un péché ?

– Pendant combien de temps ?

– Huit ou neuf minutes en tout. Dans la brasserie à côté. Mais elle a passé l'essentiel de son temps à vous écrire.

– Vous avez parlé de sujets d'importance ?

– Je ne dirais pas ça, non. On a juste parlé de vous.

– Comment l'avez-vous trouvée ?

– C'est justement ça qu'elle m'a demandé de vous dire. Elle va bien, elle est sereine, elle est en paix. Ce sont ses paroles mot pour mot. Et elle est belle, aussi. Ça, ce n'est pas elle qui le dit, c'est moi. »

Pendant un instant fugace, les traits tirés d'Edward furent éclairés par le sourire familier.

« Je vous suis très reconnaissant, dit-il en attrapant la main de Julian pour l'écraser entre les deux siennes. Encore merci, mille fois merci. »

Doux Jésus, sont-ce des larmes ?

« Vous permettez ? » demanda-t-il, souhaitant que Julian le laisse seul pour qu'il puisse lire sa lettre en paix.

Mais Julian n'en avait pas encore fini.

« Je viens dîner chez vous demain soir, au cas où vous ne seriez pas au courant.

– Nous en serons honorés.

– Pourquoi ne m'avez-vous pas dit que vous aviez une fille ? Ma réputation serait-elle si terrible que cela ? Je n'en revenais pas. C'était... »

C'était quoi ? Il ne saurait jamais.

Edward avait fermé les yeux pour s'isoler du monde. Il laissa échapper une longue et profonde expiration. Pour la première fois depuis que Julian le connaissait, il fut, ne serait-ce que quelques secondes, l'homme qui ne pouvait pas en endurer plus. Et puis les mots finirent par venir à sa rescousse.

« Depuis quelques années, à mon profond regret, notre fille Lily a choisi de vivre sa vie à Londres. Nous n'avons pas toujours été la famille soudée que j'aurais aimé. Je l'ai déçue. Pour notre plus grande joie, elle est revenue auprès de nous dans cette période si difficile pour sa mère. Puis-je lire ma lettre, maintenant ? »

Une fois la cravate de chez Budd impeccablement nouée, Julian sortit de son frigo la bouteille de champagne emballée dans du papier cadeau achetée le matin même à la supérette, choisit un vieil imperméable plutôt que son pardessus de la City, verrouilla la boutique et, en proie à une intense curiosité mêlée à de sombres appréhensions, prit le chemin familier vers Silverview. Quand il atteignit le sentier non goudronné, il passa devant une vieille camionnette blanche garée sur une aire de repos, où un jeune couple s'étreignait passionnément sur la banquette avant. Le portail de la demeure n'était pas fermé. La porte d'entrée s'ouvrit avant même qu'il ait appuyé sur la sonnette.

« Vous êtes Julian, c'est ça ?
– Et vous, Lily. »

Petite et volontaire, vêtue d'un jean ample et d'un tablier rayé de chef aux poches en forme de cœur rouge, elle avait les yeux marron de son père, des cheveux bruns coupés comme ceux d'un garçon et un sourire en coin. Elle le jaugea d'un regard long et direct : son blazer bleu, sa cravate en soie tricotée, son sac en jute orné du logo d'Aux Bons Livres de Lawndsley au pochoir. Elle referma à moitié la porte derrière elle, descendit d'une marche, fourra les mains dans les poches de son tablier et, étrangement soulagée par le résultat de son inspection, lui donna une bourrade de l'épaule, de pair à pair.

« T'as quoi dans ton sac ? demanda-t-elle.

– Du champagne frappé. Prêt à l'usage.

– Cool. Officiellement, Maman est toujours en cours de traitement, mais en vrai, elle peut mourir demain. Elle le sait, et elle n'aime pas qu'on la plaigne. Elle dit ce qu'elle pense et elle pense beaucoup, alors tout peut arriver, OK ? Juste pour que tu saches à quoi t'attendre. »

Il monta le perron avec elle et, pris de la culpabilité du resquilleur, pénétra dans le vestibule caverneux d'une maison qui, pour parler comme un agent immobilier, nécessitait un sérieux rafraîchissement. Sur le papier peint texturé jaune, feu le colonel avait accroché de vieilles peintures à l'huile craquelées représentant des bateaux en mer, ainsi que d'antiques baromètres alignés comme à la parade. L'unique source de lumière provenait d'une roue de chariot en fer suspendue au plafond et surmontée de bougies électriques d'où dégoulinait du plastique jaune. Au bout du vestibule, un escalier incurvé en acajou équipé de poignées de maintien blanches pour handicapés s'élevait dans la pénombre. Était-ce du Beethoven qu'il entendait au loin ?

« Maman ! cria Lily. Ton invité est là avec une bouteille de bulles ! Mets tes peintures de guerre ! »

Sans attendre de réponse, elle escorta Julian dans un salon tout aussi caverneux, où le foyer d'une cheminée en marbre était occupé par une urne en cuivre remplie de fleurs séchées. Devant la cheminée, deux canapés gris se faisaient face comme des lignes de front sur un champ de bataille. Dans une alcôve lambrissée, d'innombrables rangées de livres à reliure en cuir. Et à l'autre bout de la pièce, un énième avatar du célèbre M. Edward Avon de Silverview, attendant qu'on le découvre dans une veste d'intérieur d'un bordeaux passé et chaussons assortis à galon doré. Ses cheveux blancs soigneusement peignés rebiquaient derrière les oreilles.

« Julian, très cher, quel plaisir ! l'accueillit-il en lui tendant la main. Je vois que Lily et vous avez déjà fait connaissance. Parfait ! Mais qu'avez-vous donc là, mon Dieu ? J'ai entendu parler de champagne ? Lily, ma chérie, ta mère a entamé sa grande descente ?

– D'ici deux minutes. Je vais mettre ça au frigo et préparer le repas. Quand je crie, vous venez tous en courant, d'accord, Tedsky ?

– Merci, ma chérie. Bien sûr. »

Edward et Julian face à face. Sur une table basse entre eux, un plateau avec une carafe et des verres. Et dans les yeux d'Edward, quelque chose que Julian n'y avait jamais vu : on aurait presque dit de la peur.

« Vous laisserez-vous tenter par un sherry, Julian ? Ou bien quelque chose de plus fort ? Il va de soi que personne dans cette maison n'est au courant de votre voyage à Londres.

– J'en suis bien conscient.

– Ce qui se sait, c'est que nous sommes en train de créer un rayon de classiques dans votre excellent magasin. La nouvelle du vol des ordinateurs risquerait de causer des inquiétudes inutiles, donc mieux vaut la passer sous silence. Deborah peut se montrer très sensible à certains sujets. Tous les autres sont bien sûr largement ouverts à la discussion. C'est à cette heure de la journée qu'elle est à son plus vif. »

Beethoven s'était tu, laissant place aux craquements et aux murmures d'une maison pleine d'échos. Edward remplit deux verres de sherry, en tendit un à Julian, leva l'autre à ses lèvres et l'inclina en un toast silencieux. Julian l'imita. Comme si un souffleur en coulisse lui avait donné un signal, Edward reprit la conversation à un volume plus élevé.

« Deborah se réjouit vraiment de vous recevoir, Julian. Les liens de longue date qu'entretenait son père avec la bibliothèque municipale sont chers à son cœur. Le trust familial continue à faire de généreuses donations.

– Merveilleux ! répondit Julian, lui aussi à voix haute. C'est vraiment... »

Il allait ajouter « un plaisir pour moi », mais en entendant des bruits de casseroles dans la cuisine, il préféra se renseigner sur Lily.

« Ce qu'elle fait... dans la vie, vous voulez dire ? lui demanda Edward, comme si la question le prenait de court. Pour l'instant, Lily fait la cuisine. Et elle adore sa chère mère, à l'évidence. Mais dans la vie... »

Pourquoi tout était-il si difficile ?

« Son point fort, c'est l'artistique, dirais-je. Pas tout à fait les beaux-arts, comme pourrait le souhaiter un père, mais elle a toujours été passionnée par l'art. Voilà.

– L'art graphique ? L'art commercial ?

– Tout à fait. Dans cette catégorie, vous avez raison. »

Ils sont alors sauvés par la voix mélodieuse d'un Barbadien qui descend l'escalier.

« Doucement, ma belle... Une marche à la fois, comme ça... Impeccable... Tranquille, tranquille, ma douce... Vous faites ça parfaitement, très bien, c'est ça... »

Et après chacun de ces encouragements, un bruit de pas.

Un couple splendide descend le grand escalier bras dessus bras dessous comme pour ouvrir le bal : le jeune marié, un Noir magnifique avec des dreadlocks, qui prononce ses vœux en remuant à peine les lèvres ; la mariée toute menue, vêtue de bleu nuit de la tête aux pieds hormis une fine ceinture dorée, ses cheveux gris-argent coiffés en bandeaux de chaque côté de son visage juvénile, une main prête à attraper la rampe, le bout d'une sandale dorée cherchant à l'aveugle la marche suivante.

« Vous êtes là, monsieur Julian ? s'enquiert-elle d'un ton sévère.

– En effet, Deborah. Bonsoir à vous, et un grand merci pour l'invitation.

– Est-ce qu'on vous a donné quelque chose à boire, au moins ? Le service n'est pas toujours à la hauteur, dans cette maison.

– Il nous a apporté du champagne, chérie ! lance Edward.

– Et vous avez trouvé le temps de venir nous voir, enchaîne Deborah en ignorant cette annonce. Avec tous les soucis que vous avez dû subir à la librairie. Nos entrepreneurs locaux sont épouvantables, à ce qu'on dit. Pas vrai, Milton ?

– Ça oui », convient le jeune marié.

Edward pousse Julian du coude.

« Je pense que nous allons passer directement à table. Ça vous va, Milton ? lance-t-il en direction de l'escalier. La chaise en bout de table, côté porte ?

– C'est bon pour moi, Ted.

– Lily, ma chérie, tu pourrais baisser ta musique dans la cuisine avant que ta mère remonte en courant pour fuir ce raffut, s'il te plaît ? reprend Edward de sa voix de papa.

– Oups, voilà. Désolée, Maman. »

La musique s'arrête. Ils entrent dans une pièce également désolée. Sur un mur au fond s'alignent des étagères en bois marron ostensiblement vides. Auraient-elles jadis contenu une collection grand luxe ? La table est dressée à l'opposé : serviettes damassées, candélabres, dessous de verre, faisans ornementaux et moulins à poivre en argent.

Tout au bout, le trône à haut dossier de Deborah, rembourré par des coussins d'hôpital.

« Tu veux un coup de main, Lily, ou je serais juste dans tes pattes, comme d'habitude ? » s'enquiert Edward à travers un passe-plat.

Pour toute réponse, des cliquetis d'assiettes, le claquement d'une porte de four et un « merde » murmuré mais néanmoins audible.

« Je peux aider, peut-être ? » suggère Julian.

Mais Edward s'occupe de déboucher le champagne et Lily a encore des casseroles et des poêles à entrechoquer.

Deborah et Milton, quant à eux, exécutent leur pas-de-deux. Milton la tient par les poignets et se recule, tandis que Deborah se laisse gracieusement asseoir sur les coussins.

« 21 h 30 pour votre repos du soir, ma reine ? demande Milton.

– Ah, le repos, c'est tellement épuisant, vous ne trouvez pas, Julian ? se plaint Deborah. Asseyez-vous, je vous en prie. Que d'autres s'affairent pour que nous puissions siéger. »

S'agit-il d'une référence littéraire ? Peut-être parlent-ils constamment par citations. Il s'installe à table. Il ressent d'emblée une bouffée d'affection pour Deborah. Ou d'admiration. Ou d'amour. Elle est sa mère, elle va bientôt mourir et elle est dupée par son mari. Elle est belle, âgée, sacrément courageuse et si tu ne l'aimes pas maintenant ce sera trop tard. Edward dépose des flûtes de champagne sur les dessous de verre en argent devant eux. Deborah semble ne pas remarquer.

« 21 h 30, ça vous va, Ted ? demande Milton à Edward par-dessus la tête de Deborah.

– C'est parfait, Milton », répond Edward en mettant une flûte pour Lily dans le passe-plat.

Exit Milton côté cour.

« Une liaison quelque part en ville, confie Deborah à Julian une fois la porte bien fermée. Nous ne savons pas où, et nous ne pouvons pas demander si c'est un amant ou une maîtresse. Lily me dit que c'est malpoli.

– Un peu, que c'est malpoli ! rétorque Lily par le passe-plat. À la tienne, Maman !

– À la tienne, ma chérie ! Et à la vôtre, Julian ! »

Et pour Edward, rien ?

« Vous êtes installé ici pour de bon, Julian, ou vous gardez un pied à Londres au cas où la nostalgie poindrait ? demande Deborah.

– Pas de nostalgie, non. Je n'ai pas très envie d'y retourner. J'ai encore un appartement là-bas, mais je suis en train d'essayer de le vendre.

– Je suis sûre que vous n'aurez aucun mal. Le marché de l'immobilier flambe, à ce que j'ai pu lire. »

C'est ça qu'on fait quand on est mourant, alors ? On lit des articles sur des maisons où on n'habitera jamais ?

« Mais vous y allez encore à l'occasion, non ?

– De temps en temps, oui. »

Et jamais, jamais à Belsize Park.

« Seulement quand vous êtes obligé ? Ou bien quand vous vous ennuyez avec nous ?

– Quand j'y suis obligé, et jamais je ne m'ennuierai avec vous, Deborah », répond-il suavement en s'obligeant à ne pas croiser le regard d'Edward.

Il pense à Mary. Dès l'instant où il a posé les yeux sur Deborah, il a comparé et distingué les deux femmes d'Edward. La concurrence est injuste. Où Mary exsudait la chaleur, Deborah n'exsude que de la réserve.

Lily sort de la cuisine. Elle s'avance vers sa mère, lui recoiffe quelques mèches de cheveux supposément déplacées pendant sa descente et lui pose un baiser sur le front, puis, après une autre gorgée de champagne, retourne chercher des toasts et des petites assiettes au passe-plat et vient s'asseoir à la droite de Julian pendant qu'Edward s'active avec des bouteilles devant la desserte.

« Il y a du raifort, si quelqu'un en veut, annonce Lily. Du Sainsbury's Best. Ça va, mon gars ? lance-t-elle à Julian en lui balançant un coup de coude dans les côtes.

– Très bien. Et toi ?

– Nickel, vieille branche, répond-elle en caricaturant un Etonien pur jus.

– Oh, de l'anguille fumée, ma chérie ! s'extasie sa mère comme si elle découvrait juste à l'instant son assiette. Mon plat préféré. Comme tu es maligne. Et le champagne de Julian pour aller avec. Nous sommes vraiment trop gâtés. Julian ?

– Oui, Deborah ?

– Votre joli magasin tout neuf, va-t-il prospérer ? Je ne veux pas dire financièrement, ce n'est pas le problème puisque vous êtes immensément riche, à ce qu'on me dit. Mais en tant que librairie de qualité dans notre commu-nauté ? En tant que navire-jumeau culturel de notre excel-lente bibliothèque ? Ici dans notre pauvre petite ville avec tous ses touristes et ses plaisanciers du week-end ? »

Il s'apprête à répondre par l'affirmative, mais le coup de griffe restait à venir :

« Pouvez-vous vraiment me garantir en toute honnêteté qu'une bibliothèque de classiques est de nature à attirer ce que nous devons bien appeler des gens ordinaires ?

– Il fera en sorte que ça marche, Maman, crois-moi. C'est l'homme à suivre, pas vrai, Juju ? J'ai vu son établissement. C'est l'équivalent littéraire de Fortnum & Mason's. Les gens ordinaires comme nous, on s'en fiche. Mais les yuppies vont être attirés comme des mouches. »

Ayant terminé son champagne, Lily ponctue son propos d'une gorgée de vin blanc.

« Mais franchement, Julian, à notre époque ? persiste Deborah. Êtes-vous absolument certain qu'Edward n'est pas en train de vous entraîner dans une aventure tout sauf commerciale ? Il sait se montrer terriblement manipulateur, quand il veut, surtout quand il s'agit de fils d'anciens camarades d'école.

– Vous êtes en train de me manipuler ? lance gaiement Julian à Edward, jusqu'ici trop occupé à remplir les verres pour prendre part à toute conversation.

– Mais absolument, Julian ! rétorque-t-il avec un peu trop d'entrain. Je suis surpris que vous ne vous en rendiez compte que maintenant. Je vous oblige à rester ouvert après l'heure de fermeture, je vous oblige à accueillir un chien errant comme moi tous les soirs… Moi, je dis que c'est un festival de manipulation, pas toi, Lily ?

– Eh bien, Julian, tout ce que je peux vous dire, c'est faites attention, l'avertit froidement Deborah. Sinon, vous vous réveillerez un beau matin et vous vous rendrez compte que vous êtes en faillite parce qu'il vous fait acheter tous ces livres inutiles. Vous êtes chrétien, Julian ? »

Il a d'autant plus de mal à répondre que Lily vient de lui attraper la main sous la table. Pour autant qu'il puisse en juger, il ne s'agit pas d'un geste sensuel, mais plutôt du réflexe de quelqu'un qui regarde un film d'horreur et qui n'en peut plus.

« Je ne crois pas, répond-il judicieusement en serrant doucement la main de Lily, puis en la relâchant. Pas à l'heure actuelle, non.

– Vous avez nul doute une aversion pour la religion en tant que système organisé, comme moi. Néanmoins, j'ai adhéré toute ma vie aux superstitions de ma tribu et j'ai l'intention d'être enterrée selon ses rituels. Vous êtes tribal, vous, Julian ?

– Dites-moi à quelle tribu j'appartiens, Deborah, et j'essaierai de l'être, réplique-t-il, surpris de constater que la main est revenue sur la sienne.

– Pour moi, la chrétienté n'est pas tant une question de religion qu'une question de valeurs qui nous sont chères et de sacrifices que nous faisons pour les préserver. Avez-vous remarqué les médailles de mon père à la bibliothèque municipale, par hasard ?

– Je dois avouer que non.

– Elles sont cool, intervient Lily. Vraiment de la super qualité.

– Chérie, nous les avons financées, je te le rappelle. Tu es sûre que tu devrais boire autant ?

– Je dois prendre des forces, Maman, répond-elle en posant sa main dans la paume de celle de Julian, comme une vieille amie.

– Dans le hall d'entrée, sur le mur de gauche. Elles sont exposées de façon discrète, dans un petit cadre à caisson orné d'une plaque en laiton. Mon père a débarqué en Normandie avec la première vague, ce qui lui a valu une barrette en plus sur sa Military Cross. Vous la verrez sur le ruban. Ce n'est qu'un petit ajout décoratif, mais cela signifie beaucoup.

– J'en suis bien sûr.

– Tiens, en parlant d'ajout décoratif, tu as ouvert un café à l'étage, à ce qu'il paraît, Juju ? C'est Matthew qui m'en a parlé.

– Quant au père du colonel, il est mort à Gallipoli. Edward vous l'avait dit ?

– Je ne crois pas, non.

– Cela ne m'étonne pas.

– Alors, Tedsky, elle descend bien, cette anguille ? lance Lily à Edward sans lâcher la main de Julian.

– Tu nous gâtes, ma chérie. Je sens que je vais me régaler », répond Edward, qui a horreur du poisson.

Julian, qui considère aujourd'hui que tout son parcours de vie n'a été qu'une longue masterclass en conciliation, monte de nouveau sur la brèche.

« J'espère bien pouvoir convaincre la ville de relancer son festival artistique, Deborah. Je ne sais pas si on vous l'a dit ?

– Non, on ne m'a rien dit.

– Oui, ben, Julian te le dit maintenant, Maman. Alors écoute, plutôt.

– Pour l'instant, c'est loin d'être gagné, hélas, reconnaît Julian. Les autorités ne semblent pas très motivées. Je me demandais si vous auriez peut-être quelques sages paroles à ce sujet que je pourrais leur transmettre. »

En a-t-elle ? Oui ? Non ?

La main se retire. Lily se lève pour empiler les assiettes sales qu'Edward apporte ensuite au passe-plat. Deborah réfléchit à la question. Son demi-verre de champagne lui a fait monter le rose aux joues. Ses grands yeux pâles sont d'un blanc éblouissant.

« Mon mari, qui se décrit comme étant de gauche, entretient l'idée rafraîchissante que la Grande-Bretagne a besoin d'une nouvelle élite, proclame-t-elle d'une voix forte. Peut-être pourriez-vous utiliser cette idée comme fil rouge.

– Pour le festival ?

– Non, pas pour le festival, pour votre rayon de classiques. Éliminons la vieille garde, adoptons le je-ne-sais-trop-quoi. Ou bien, on pourrait également proposer un nouvel électorat. Mais ça, ce serait hurler à la lune, n'est-ce pas ? »

Perplexité générale. Que veut-elle dire par là ? Edward, notre maître d'hôtel autoproclamé, sert un parmentier de poisson. Lily est revenue s'asseoir et a posé le menton dans la paume de sa main libre d'un air contemplatif. Le courageux Julian, qui se retrouve à nouveau privé d'une main, se dévoue.

« Je suis surpris de vous entendre décrire Edward comme étant de gauche, Deborah, commente-t-il comme si Edward se trouvait dans un autre pays. Je l'aurais plutôt cru conservateur, mais c'est peut-être son chapeau qui m'a induit en erreur ! »

Cette plaisanterie lui vaut un gloussement reconnaissant de Lily, mais un regard noir de Deborah.

« Eh bien dans ce cas, Julian, peut-être devriez-vous savoir pourquoi nous avons dû rebaptiser la maison de mon père Silverview, siffle-t-elle après avoir fini son champagne en une seule gorgée colérique.

– Oh, Maman !

– Ou bien Edward vous a-t-il déjà fourni son explication vaseuse à lui ?

– Ni vaseuse ni autre, l'assure Julian.

– Oh, putain, Maman, je t'en prie !

– Vous avez entendu parler de Friedrich Nietzsche, je suppose, Julian ? Le philosophe préféré d'Hitler ? Edward m'a dit que vous n'étiez pas encore très au point dans certains domaines culturels.

– Non mais franchement, Maman ! plaide Lily en se levant d'un bond pour courir vers elle, la prendre dans ses bras et lui caresser les cheveux.

– Peu de temps après notre mariage, mon mari Edward en est arrivé à la conclusion, de façon unilatérale si je puis le préciser, que Nietzsche avait été maltraité par l'histoire.

– Ce n'était pas du tout unilatéral, Deborah ! proteste Edward en revenant enfin à la vie, les joues empourprées pour une fois. Le mythe sur Nieztsche qu'on nous a fait ingurgiter pendant des décennies avait été créé de toutes pièces par sa sœur affreuse et son beau-frère tout aussi épouvantable. À eux deux, et bien après sa mort, ils ont fait de ce pauvre homme quelque chose qu'il n'avait jamais été. Nous ne pouvons pas laisser les monstres de l'histoire mondiale récupérer pour leurs causes répugnantes les formidables intellects qui ont passé leur vie à chercher.

– Eh bien, j'espère que personne ne me fera ça à moi, commente Deborah, pendant que Lily continue de lui caresser les cheveux. Et à supposer que Nietzsche ait bien été un vaillant défenseur de la liberté individuelle, ça change quoi ? Pour moi, la liberté individuelle s'accompagne d'obligations fondamentales. Alors que pour Nietzsche et pour Edward, non. Nietzsche et Edward, c'est "Faites ce que vous pensez" et pas "Pensez ce que vous faites". Or ça, c'est un précepte particulièrement dangereux, vous ne trouvez pas, Julian ?

– Il faudrait que je me penche sur la question.

– Maman, enfin !

– Eh bien, penchez-vous dessus, oui. Edward a été tellement séduit par cette idée qu'on ne pouvait s'y opposer. La maison de Nietzsche à Weimar s'appelait Silberblick, donc il fallait que la nôtre s'appelle Silverview. Et nous avons approuvé, n'est-ce pas, chérie, voilà toutes ces années ? lance-t-elle à Lily, qui couvre désespérément la tête de sa mère de petits baisers sans réussir à l'apaiser. Mais parlons un peu de vous, Julian. Je veux tout savoir.

– De moi, Deborah ? répond-il en s'efforçant de maintenir un ton de voix badin, alors que Lily se réinstalle près de lui.

– Oui, vous. Qui êtes-vous ? Un don du ciel, à l'évidence. Une mitzvah à vous tout seul, comme disent les juifs. Cela va de soi. Mais puis-je vous demander pourquoi vous avez quitté la City avec tant de hâte ? Du peu qui m'arrive aux oreilles, vous auriez été saisi par une sorte de ferveur anticapitaliste. Une fois votre fortune faite, bien sûr, mais nous ne le retiendrons pas contre vous. Mes sources sont-elles correctement informées ?

– En fait, Deborah, j'ai déclenché une allergie bancaire. Une fricophobie. Ça arrive quand on manipule trop l'argent des autres.

– Ha, je lève mon verre à cette sortie ! s'écria Edward en joignant le geste à la parole. Une fricophobie ! Ça commence par les doigts, puis ça se propage au cerveau. Excellent, Julian ! Dix sur dix. »

Un nouveau silence menace.

« Alors, Deborah, à vous, si je puis me permettre ! lance Julian en puisant dans ce qui lui reste de diplomatie. Je sais qu'Edward est un linguiste remarquable. Et vous, vous êtes une universitaire distinguée détachée auprès du gouvernement, je crois. Puis-je vous demander ce que vous faites, au juste ? »

C'est Lily qui intercepte la question au vol et la détourne habilement.

« Tedsky est un brillant linguiste : polonais, tchèque, serbo-croate, la totale, pas vrai, Tedsky ? Et son anglais n'est pas mal non plus. Vas-y, Papa, balance-lui toute ta liste ! »

Edward affecte d'hésiter, puis prend part à cette diversion.

« Oh, ma chérie, merci, mais je ne suis qu'un perroquet. À quoi bon maîtriser plusieurs langues si on n'a rien à dire ? Tu as oublié l'allemand, au fait. Un peu de hongrois. Et le français, évidemment. »

Mais c'est la voix incisive de Deborah, quand elle finit par reprendre la parole, qui scelle l'instant :

« Et moi, je suis arabisante de profession », annonce-t-elle.

*

On en est finalement arrivé au café. À la montre de Julian, qu'il a discrètement consultée, il est 21 h 20, soit dix minutes avant la sortie prévue de Deborah. Lily a disparu. À l'étage, une voix de femme chante une ballade irlandaise. Edward est assis sans rien dire à faire tourner son vin dans son verre. Deborah se redresse sur ses coussins, les yeux fermés, comme une belle cavalière endormie sur sa selle.

« Julian ?

– Je suis toujours là, Deborah.

– Pendant toute la guerre, le frère de mon père, Andrew, travaillait non loin d'ici comme scientifique. Scientifique de grand talent, même. Edward vous l'a dit ?

– Je ne crois pas, Deborah. Vous m'en avez parlé, Edward ?

– J'ai peut-être omis de le mentionner.

– Dans le plus grand secret. Un secret qu'il a observé jusqu'à sa mort, due essentiellement à l'épuisement. Ces hommes étaient loyaux, à l'époque. Vous n'êtes pas un de ces pacifistes, j'espère ?

– Je ne crois pas, non.

– Eh bien, tant mieux. Ah, voici Milton. Toujours aussi ponctuel. Je ne dois pas lui demander ce qu'il faisait, ce serait impoli. C'est très gentil à vous d'être venu, Julian. Je vais rester assise ici. Mon ascension de l'escalier par la face nord est nettement moins élégante que la descente. »

Ce qui donnait congé à Julian, de fait.

Edward l'attendait dans l'entrée devant la porte déjà ouverte.

« J'espère que cela n'a pas été trop pénible, dit-il d'un ton léger en tendant le bras pour la poignée de main chaleureuse.

– J'ai passé une très bonne soirée.

– Lily vous prie de l'excuser. Une affaire de famille à régler.

– Pas de problème. Remerciez-la de ma part. »

Il sortit dans l'air nocturne et, s'armant des derniers vestiges de ses bonnes manières, s'appliqua à marcher le plus lentement possible jusqu'au bout du sentier. Alors qu'il allait se lancer dans une fuite cathartique au pas de course, il fut aveuglé par l'éclat d'une lampe torche, fermement tenue par Lily Avon, coiffée de son foulard *Docteur Jivago*.

Ils marchèrent d'abord à une certaine distance l'un de l'autre, chacun dans sa propre zone, comme des victimes hébétées après un accident de voiture. Puis elle lui prit le bras. La nuit était grise, humide, très calme. La vieille camionnette était toujours garée sur l'aire de repos, mais les deux amoureux avaient dû s'installer à l'arrière ou se séparer. En remontant la grand-rue, ils passèrent de la section pauvre, enfilade de magasins caritatifs éclairée par des lampadaires à sodium orange, à la section riche, d'un blanc étincelant, dont Aux Bons Livres de Lawndsley était le tout dernier fleuron. Sans qu'ils échangent un mot, elle le suivit dans l'escalier de service jusqu'à son appartement. Le salon était aussi dépouillé que le moine en lui l'avait voulu : un canapé à deux places, un fauteuil, un bureau, une lampe d'architecte. La baie vitrée donnait sur la mer, sauf que ce soir il n'y avait pas de mer, simplement des nuages maussades et des larmes de pluie. Lily se laissa tomber dans le fauteuil, les bras ballants comme un boxeur entre deux rounds.

« Je ne suis pas bourrée, OK ?

– OK.

– Et je ne vais pas coucher avec toi.

– OK.

– Tu as de l'eau, quelque part ? »

Il leur versa deux verres d'eau gazeuse réfrigérée et lui en tendit un.

« Mon père te trouve génial.

– Il était copain avec mon père, à l'école.

– Il te parle beaucoup, non ?

– Tu crois ? Je ne sais pas. De quoi ?

– J'en sais rien. De ses maîtresses, peut-être. De ses émotions. De qui il est. Des trucs dont parlent les gens normaux.

– Je crois qu'il s'en veut de ne pas s'être plus occupé de toi pendant ton enfance, répliqua prudemment Julian.

– Ouais, ben, c'est un peu tard pour ça, non ? dit-elle en consultant son portable. T'as été génial, au fait. Poli. Suave. Maman t'a kiffé, et ça n'arrive pas avec beaucoup de gens. C'est possible d'avoir du réseau, dans cette piaule ?

– Essaie près de la fenêtre. »

Le foulard *Docteur Jivago* était retombé sur sa nuque. En silhouette devant la fenêtre, un peu penchée en arrière pour écrire son texto, elle avait l'air plus grande, plus forte, plus féminine. Son portable lui renvoya aussitôt une réponse.

« Bingo ! commenta-t-elle avec un sourire soudain radieux qui était la copie conforme de celui de son père. Maman dort comme un bébé en écoutant le BBC World Service, et Sam roupille aussi comme un ange.

– Sam ?

– Mon gamin. Il a un rhume et ça le gonfle. »

Sam, dont la maman lui chante des ballades irlandaises au coucher. Sam, le petit-fils jamais mentionné d'Edward. Sam, le fils de Lily, la fille jamais mentionnée d'Edward. Des portes qui s'ouvrent et se referment.

« Il est noir, dit Lily en levant son téléphone pour que Julian puisse admirer la photo d'un enfant rieur, le bras autour du cou d'un lévrier. Métis, en fait, mais dans une famille comme la nôtre ça revient au même. Maman peut supporter toutes les couleurs sauf le noir, à part ses auxiliaires de vie. La première fois qu'elle a vu Sam, elle l'a appelé son petit Sambanania, et Papa a pété un câble, et moi aussi.

– Mais tu vois ton père à Londres, de temps en temps ? »

Pourquoi ce « mais » ?

« Bien sûr.

– Souvent ?

– Ça arrive.

– Vous faites quoi ? Vous emmenez Sam au zoo ?

– Ce genre de trucs, oui.

– Au théâtre ?

– Des fois. De longs déjeuners chez Wiltons, aussi, rien que nous deux. Il nous adore, OK ? »

Et un panneau « défense d'entrer » pour les étrangers.

*

Avec le recul, Julian se rappellerait surtout le calme qui s'installa entre eux, la paix après une bataille qu'ils avaient livrée côte à côte, les inquiétudes mal placées qu'il avait eues sur la personnalité de celle qu'il accueillait dans sa vie. Il se rappellerait que leur conversation sur la pluie et le beau temps avait occulté tous les sujets trop graves pour être évoqués. Et que, quand Lily parlait de ses parents, elle arrivait à toujours rester à la marge, comme si leur véritable centre était interdit d'accès. Et que, comme son père, elle le testait pour voir si un jour, mais pas maintenant, elle pourrait se confier à lui.

Non, le père de Sam ne faisait pas partie de sa vie. Une magnifique erreur commise à deux avait eu une conséquence de taille. Fin de l'histoire. Il leur rendait régulièrement visite, mais il avait une nouvelle vie, maintenant, et elle aussi.

Oui, elle était bien l'artiste graphique qu'Edward lui avait décrite. Elle avait suivi la moitié du cursus, puis abandonné à la naissance de Sam. Cette formation était nulle, de toute façon.

Elle avait écrit et illustré deux livres pour enfants, mais n'avait pas trouvé d'éditeur. Elle était en train d'en préparer un troisième.

Sam et elle vivaient dans un tout petit appartement à Bloomsbury grâce à ses parents, et elle payait les factures avec « tous les jobs à la con que j'arrive à récupérer dans le domaine du design ». Silverview lui filait les jetons.

Ses années d'école ? Ah, putain. Que des pensionnats, depuis le jour de sa naissance.

Les hommes ? Oh, Juju, lâche-moi la grappe, tu veux ? Sam et moi, on est bien mieux sans personne. Et toi, d'ailleurs ?

Julian avoue qu'il fait une pause, lui aussi.

Bras dessus bras dessous, ils arpentent à nouveau les rues silencieuses, mais seulement jusqu'au sentier. Lily pense-t-elle réellement qu'Edward ne l'a pas vue sortir par la porte de service ? se demande Julian. C'est l'homme le plus observateur qu'il a jamais rencontré. Même si elle était un chat, il l'aurait repérée.

La vieille camionnette blanche n'est plus là. Devant eux se dresse la masse de Silverview, qui se découpe en noir sur le ciel de l'aube. Une lueur jaune brille au-dessus du perron. Deux fenêtres sont encore allumées à l'étage. Lily s'écarte de Julian, se redresse et inspire profondément.

« Peut-être qu'on passera t'acheter un bouquin, un de ces quatre », dit-elle avant de s'éloigner sans un regard en arrière.

9

« Après 10 h 30, plus de cours de danse, mais nous avons des consultations jusqu'à 14 heures, monsieur Pearson, l'avait-elle informé d'un ton sévère par téléphone avec son accent franco-polonais. Si je suis retardée, veuillez vous installer dans la salle d'attente du premier et vous faire passer pour un parent ou un tuteur qui a rendez-vous avec moi. »

10 h 15. Encore un quart d'heure à attendre. Assis dans une taverne grecque délabrée à Battersea, Proctor tentait de se requinquer à l'aide d'un deuxième café noir épais, bien sucré. De l'autre côté de la rue balayée par la pluie s'élevait le bâtiment de brique rouge occupé par l'école de danse. Derrière les stores de ses fenêtres cintrées à l'étage, on distinguait les silhouettes de jeunes ballerines immobiles ou en mouvement.

Proctor avait passé le plus clair de sa nuit à lire des transcriptions brutes d'écoutes en vue d'un petit-déjeuner de travail avec Battenby, le chef adjoint, et les deux directeurs du Service juridique. À la dernière minute, la réunion avait été décalée au soir. Après trois heures de sommeil, il était sous la douche à Dolphin Square quand Ellen l'avait appelé pour lui annoncer qu'une découverte spectaculaire avait été faite sur le chantier de fouilles et qu'il serait injuste vis-à-vis des autres qu'elle ne reste pas quelques jours de plus. De toute évidence pour faire diversion, elle ajouta qu'elle devrait négocier avec l'agence de voyages concernant son billet de retour.

« Donc tu restes, histoire de ne pas être injuste vis-à-vis des autres, répéta-t-il d'un ton cinglant. Vous avez déterré quoi, au juste ?

– Des trucs incroyables, Stewart. Tu ne pourrais pas comprendre, répliqua-t-elle avec une désinvolture hautaine qui ne fit qu'ajouter à l'irritation de Proctor. Ils sont en train de mettre au jour une villa romaine entière, ils la cherchaient depuis des années et là ils viennent de la trouver, tu te rends compte ? Avec toute la cuisine intacte et Dieu seul sait quoi d'autre. Il y a même du charbon dans les fours. Ils organisent une grande soirée pour fêter ça. Un feu d'artifice, des discours, tout ça. »

Beaucoup trop d'informations. Un mensonge après l'autre au cas où le précédent n'ait pas fonctionné.

« Et ils les ont trouvées où, toutes ces merveilles ? persista-t-il de la même voix inexpressive.

– Sur le chantier. Sur le site, enfin ! Sur une belle colline. J'y suis en ce moment même. Où crois-tu qu'on peut trouver une villa romaine comme ça ?

– Je te demande où se trouve le site, géographiquement.

– Tu me fais subir un interrogatoire, ou quoi ?

– Je me suis juste dit que c'était peut-être dans le jardin de ce bel hôtel où tu es descendue, c'est tout », répliqua-t-il.

Se sentant incapable d'écouter son torrent de dénégations, il raccrocha.

*

Le menton dans la main, un troisième café turc posé devant lui, Proctor relut certains passages d'antiques dossiers que son assistante Antonia avait transférés sur son smartphone.

1973. La Special Branch se pâme d'amour :

L'intéressée vit exclusivement pour la danse. L'intéressée est dotée de toutes les grâces de la nature. L'intéressée, étant totalement absorbée par son art, n'a aucune affiliation politique ou religieuse connue. L'intéressée est considérée par ses formateurs comme une élève modèle capable d'atteindre les sommets les plus vertigineux de sa profession.

Quatre décennies plus tard, la Special Branch ne se pâme plus du tout :

L'intéressée cohabite depuis vingt ans avec le militant des droits de l'homme pacifiste et pro-palestinien Felix BANKSTEAD (dossier perso. joint). Même si elle ne relève pas de la même catégorie que son concubin, l'intéressée a été vue en de nombreuses occasions en train de défiler au côté de BANKSTEAD, par exemple avant la guerre d'Irak. Le nombre requis de repérages lors de manifestations déclarées ayant été atteint, son statut a été dûment relevé à ORANGE.

Les ombres derrière les fenêtres à l'étage de l'immeuble en face disparurent. La circulation était bloquée sous l'averse soudaine. Un groupe multiethnique d'adolescentes sortit d'un porche voûté et s'égailla vers différents arrêts de bus. Proctor paya son café, remonta son imperméable sur sa tête et se hâta de traverser entre les voitures bloquées.

Sans trop savoir s'il devait d'abord sonner ou entrer, il fit les deux simultanément et se retrouva dans un hall en briques désert décoré de sculptures en papier et d'annonces d'événements en rapport avec la danse. Un escalier aux murs couverts d'affiches de ballets menait à une tribune de musiciens. Il repéra un panneau DIRECTRICE sur une porte entrouverte, à laquelle il toqua avant de la pousser et de passer la tête. Debout devant un pupitre, une grande femme élégante d'un âge indéfinissable, vêtue d'un justaucorps et d'un pantalon noir, observait son arrivée d'un œil critique.

« Monsieur Pearson, je suppose ?

– En effet. Et vous êtes Ania.

– Vous êtes fonctionnaire et vous souhaitez me poser quelques questions, c'est bien cela ?

– Tout à fait. Merci à vous de me recevoir.

– Vous êtes de la police ?

– Pas du tout. Je suis du même service reconnaissant qui voici bien longtemps, avec votre aide, a établi un contact avec Edward Avon à Paris », expliqua-t-il en lui tendant un porte-cartes où figuraient sa photographie et sa signature au nom de Stephen Pearson.

Elle regarda sa photo puis, plus longtemps qu'il ne l'aurait cru, sa personne. Un regard de nonne : inflexible, innocent, dévot.

« Edward... Il va bien ? Il n'est pas...

– Pour autant que je le sache, Edward va bien. C'est son épouse qui ne va pas bien.

– Deborah ?

– Oui, cette épouse-là. Cette pièce est un peu grande. Y aurait-il un endroit où nous pourrions parler en privé ? »

*

Son bureau était tout petit, avec une demi-fenêtre cintrée en vitrail coupée en deux par une cloison, des chaises pliantes en plastique et une vieille table à tréteaux. Ne sachant que faire de lui, elle s'assit le dos bien droit derrière la table comme une bonne élève, puis le regarda attraper une chaise et s'installer face à elle. Comme pour indiquer une trêve, elle croisa ses doigts effilés et très gracieux.

« Vous voyez toujours Edward de temps en temps ? » demanda Proctor.

Elle secoua la tête d'un air étonné.

« Cela ne vous dérange pas si je vous appelle Ania ?

– Bien sûr que non.

– Moi, c'est Stephen. Et cela ne vous dérange pas si nous allons droit au but ? À quand remonte la dernière fois que vous avez vu Edward ?

– Cela fait de nombreuses années. S'il vous plaît, pourquoi me demandez-vous ça ?

– Pour rien, Ania. Toute personne travaillant pour un service secret fait l'objet d'une enquête de temps en temps, et là c'est au tour d'Edward, voilà tout.

– Alors qu'il est si vieux et qu'il ne travaille plus pour vous ?

– Comment savez-vous qu'il ne travaille plus pour nous ? demanda-t-il du même ton gentiment humoristique. Il vous l'a dit ? Quand pourrait-il vous l'avoir dit ? Vous vous en souvenez ?

– Il ne me l'a pas dit. C'était une supposition.

– Fondée sur quoi ?

– Je n'en sais rien. J'ai dit ça comme ça, cela ne reposait sur rien de concret.

– Mais vous devez bien vous rappeler quand vous l'avez vu pour la dernière fois, ou quand vous avez eu de ses nouvelles. »

Toujours rien.

« Alors permettez-moi de vous aider. En mars 1995, ce qui remonte à loin, je sais, un peu après minuit, Edward a atterri à l'aéroport de Gatwick à bord d'un avion affrété par le HCR en provenance de Belgrade, dans un état lamentable et sans rien d'autre sur lui que son passeport britannique. La date vous dit quelque chose, maintenant ? »

Si tel était le cas, elle n'en laissa rien paraître.

« Il était très mal en point. Il avait vu des choses terribles. Des atrocités. Des enfants assassinés. Les horreurs du monde réel dont nous essayons tous de nous cacher, comme il l'a écrit il n'y a pas si longtemps à une connaissance à lui. »

Il marqua une pause pour qu'elle puisse digérer cette information, apparemment sans effet.

« Il avait besoin d'une personne de confiance, de quelqu'un qui l'aimait et qui comprendrait. Rien de tout ceci ne vous revient ? »

La nonne baissa les yeux et décroisa ses longues mains. Ne recevant aucune réponse, il poursuivit :

« Il n'a pas essayé de contacter Deborah, qui de toute façon se trouvait à Tel Aviv pour un colloque. Il n'a pas essayé de contacter sa fille dans son pensionnat du West Country. Alors, vers qui s'est-il tourné dans son désespoir ? fit Proctor comme s'il interrogeait un enfant récalcitrant. Voici quelques jours encore, cela restait un mystère. Même Edward ne savait pas où il avait été. Il lui a fallu quatre jours pour venir pointer à la Direction et, comme tout le monde, il en était réduit à supposer que le stress des mois précédents en Bosnie lui était tombé dessus et qu'il avait fait un genre de fugue. Toutefois, la technologie moderne étant ce qu'elle est, nous avons pu récupérer de vieux relevés téléphoniques remontant à cette période. Et ils nous racontent une histoire différente. »

Il s'interrompit de nouveau et lui jeta un coup d'œil, en attente d'une réponse, mais les yeux de la nonne l'ignorèrent.

« Ils nous racontent qu'une personne utilisant une cabine publique à l'aéroport de Gatwick à 1 heure du matin la nuit où il a atterri a appelé en PCV votre appartement de Highbury. Occupiez-vous cet appartement, à l'époque ?

– C'est possible.

– Avez-vous accepté un appel en PCV la nuit du 18 mars 1995 ?

– C'est possible.

– La conversation a duré longtemps. Neuf livres et vingt-huit pence, c'était une fortune, à l'époque. Edward est-il venu chez vous, cette nuit-là ? Ania, écoutez-moi, je vous en prie. »

Était-elle en train de pleurer ? Il ne voyait pas de larmes, mais elle n'avait pas relevé la tête et elle s'agrippait si fort à la table que les ongles de ses pouces étaient blancs.

« Ania, je n'ai pas le choix, d'accord ? Je ne suis pas votre ennemi. Edward est un homme bon et courageux, nous le savons tous les deux. Mais il est aussi beaucoup d'hommes différents. Et si l'un d'eux s'est égaré, nous devons le savoir et l'aider si nécessaire.

– Il ne s'est pas égaré !

– Je vous demande si Edward est venu chez vous cette nuit-là voici près de vingt ans. C'est une question toute simple. Oui ou non ? Edward est-il venu chez vous ou pas ? »

Elle releva la tête et le regarda droit dans les yeux, et ce ne fut pas des larmes qu'il vit, mais de la colère.

« J'ai un compagnon, monsieur Pearson.

– Je sais.

– Il s'appelle Felix.

– Je le sais également.

– Felix aussi est un homme bon.

– Je veux bien le croire.

– Felix a ouvert la porte à Edvard. Felix a payé son taxi depuis Gatwick. Felix a souhaité la bienvenue chez nous à Edvard. Désolé, nous n'avons pas de chambre d'amis. Pendant quatre jours, Edvard a dormi sur le canapé. Felix est musicologue. Il se consacre tout entier à ses étudiants et ne veut donc pas les décevoir. Heureusement, j'ai une assistante ici à mon école et j'ai pu rester à la maison pour servir d'infirmière à Edvard. »

Pause le temps que sa colère s'apaise.

« Edvard allait mal, mais il refusait de voir un médecin. Je ne voulais pas le laisser seul. Le quatrième jour, Felix a donné des vêtements à Edvard et il l'a emmené chez un barbier pour se faire raser. Le lundi, Edvard nous a dit merci et au revoir.

– Et pendant ces quatre jours, il a fait un rétablissement miraculeux, avança Proctor, non sans une certaine ironie.

– Ça veut dire quoi "rétablissement" ? s'agaça-t-elle. Quand il est parti de chez nous, il était calme. Souriant. Reconnaissant. Amusant. Menteur comme avant. Il était Edvard. Si c'est ça, "rétablissement", oui, il était rétabli, monsieur Pearson.

– Mais pas quand il est arrivé à la Direction ce matin-là, n'est-ce pas ? Il ignorait totalement où il avait passé ces quatre nuits. Il supposait que ses nouveaux vêtements lui venaient peut-être de l'Armée du salut, et qu'ils l'avaient peut-être rasé aussi. Et il n'arrivait pas à comprendre comment il avait récupéré un ticket de bus. Alors pourquoi nous a-t-il menti ? Pourquoi me mentez-vous aujourd'hui ?

– Je n'en sais rien ! cria-t-elle. Allez au diable ! Je ne suis pas votre espionne. »

Le monde de Proctor chancela avant de se rétablir. Il y voyait clair, à présent. C'était Ellen qui lui mentait, pas Ania. Il doutait même qu'Ania en ait la capacité. Si elle mentait en effet, c'était seulement par omission, mais pas délibérément, pas par plaisir, avec son gigolo d'archéologue dans le lit à côté d'elle qui se gondolait, si c'est bien là ce qu'il était en train de faire.

*

« Edward était-il un homme différent quand il est venu vous voir ce soir-là ? demanda Proctor d'une voix douce.
– Peut-être.
– De quelle manière ?
– Je n'en sais rien. Il n'était pas différent. Il était engagé. Edvard a toujours été engagé.
– Et il était engagé vis-à-vis de Salma ?
– Salma ? répéta-t-elle en feignant mal l'ignorance.
– La veuve tragique en Bosnie qu'il admirait tant. La mère du garçon assassiné, l'épouse du médecin assassiné. »
Elle fronça les sourcils pour essayer de donner l'impression qu'elle fouillait dans ses souvenirs.
« Peut-être qu'il a parlé de cette femme avec Felix. Peut-être que c'était plus facile pour lui avec un homme. Il a parlé beaucoup, beaucoup d'heures avec Felix.
– Non. Avec Felix, il a parlé des moyens de sauver le monde. Nous le savons et vous aussi. Ils sont restés en correspondance régulière depuis cette époque. Avec vous, il a forcément parlé de Salma. Quelque chose d'énorme venait de se produire dans sa vie. Comme ce soir-là, à Paris, où il vous a appris qu'il ne croyait plus au communisme. Il n'y avait que vous pour le comprendre.
– Et Deborah, sa femme ? Elle ne l'aurait pas compris, elle ? »
Mais comme Proctor, elle n'arrivait pas à rester en colère longtemps.

« Il regrettait de ne pas être mort pour elle, reprit-elle. Il avait honte. Il voulait la suivre en Jordanie, mais elle lui a dit : rentre chez toi, retrouve ta femme et ta fille, comporte-toi en homme occidental. Elle était sa passion. Il était fou d'elle. Elle n'était pas pratiquante. Elle était intelligente. Parfaite. Tragique. Noble. Sa famille possédait la clé d'une porte antique dans la ville sainte de Jérusalem. La porte de Damas, ou de Jaffa, je ne me rappelle plus. »

Proctor crut capter une touche d'impatience dans sa voix, peut-être même de jalousie.

« Elle était aussi secrète, avança-t-il. Pourquoi devait-il garder le secret sur elle auprès de tout le monde ? Je ne comprends pas.

– Pour Deborah.

– Pour épargner ses sentiments ?

– C'était sa femme.

– Mais vous dites vous-même que Salma n'était qu'un fantasme, pas une histoire d'amour au sens trivial du terme. C'était… quoi ? Quelque chose d'un peu plus important, peut-être ? Une conversion ? Un raz-de-marée qu'il voulait cacher à tout le monde, même à sa femme, même à son Service ? N'est-ce pas de cela qu'il a parlé avec Felix ? »

Une Ania différente. Son visage se verrouilla comme les portes d'un château.

« Felix est un humaniste. Un militant. Vous le savez très bien, monsieur Pearson. Il a beaucoup de conversations importantes avec beaucoup de gens. Je ne lui demande pas de me raconter.

– Eh bien, dans ce cas, je vais peut-être lui demander moi-même. Sauriez-vous où je peux le joindre, par hasard ?

– Felix est à Gaza.

– C'est ce que nous avions cru comprendre. Passez-lui le bonjour. »

*

De l'impériale du bus 113, SMS en clair à Battenby, chef adjoint du Service, en prévision de la réunion du soir :

Nous pouvons à présent considérer que la cible est consciente de notre intérêt si tel n'était pas déjà le cas.

Pearson

10

Deborah Avon était morte. Il fallut quelques heures à Julian pour reconstituer le fil chronologique des événements.

À 18 heures, l'infirmière en soins palliatifs avait appelé Lily au chevet de sa mère. Deborah avait donné à Lily les bagues qu'elle portait et lui avait demandé d'aller chercher Edward dans son bureau.

Quand il était arrivé, Deborah avait demandé à l'infirmière et à Lily de les laisser seuls. Edward et Deborah étaient restés cloîtrés dans la chambre, porte fermée, pendant quinze minutes. Edward avait ensuite été congédié, apparemment avec instruction de ne plus revenir.

Était ensuite venu le tour de Lily de passer du temps seule avec sa mère, l'infirmière se tenant hors de portée d'oreille sur une chaise dans le couloir. Selon Lily, leur conversation avait duré dix minutes, sans qu'elle en communique le contenu à Julian. L'infirmière avait alors eu le droit de rentrer pour veiller avec Lily jusqu'à la fin. À 21 heures, Deborah était tombée dans le coma avec sédation sous morphine. Vers minuit, son médecin avait prononcé le décès.

Les instructions laissées par Deborah avaient pris effet aussitôt. Son corps avait été emmené dans une chapelle mortuaire, où il ne devait être vu par personne, strictement personne. Au cas où ce point soulèverait le moindre doute, son mari Edward était explicitement mentionné comme non autorisé. Pour prévenir tout malentendu, une copie de ses dernières volontés avait été confiée à l'avance aux pompes funèbres.

Julian apprit la mort de Deborah à 6 heures du matin par un coup de sonnette impérieux à la porte de la librairie. Il enfila sa robe de chambre et se précipita au rez-de-chaussée pour y découvrir Lily debout sur le seuil, les yeux secs, la mâchoire crispée, muette.

Sa première crainte, fort étrange avec le recul, fut qu'il était arrivé quelque chose à Sam, avant de se dire que, dans ce cas, elle ne serait pas là à le dévisager, mais auprès de son fils. Ensuite, elle lui raconta qu'elle avait accompagné le corps de sa mère dans le corbillard, mais seulement jusqu'aux portes de la chapelle, en accord avec les instructions de Deborah.

Mû par un sens des convenances qu'il ne put par la suite s'expliquer, Julian l'escorta non pas jusqu'à l'intimité de son appartement, mais au café Gulliver.

Même si Lily et Sam étaient passés plusieurs fois à la librairie pendant l'agonie de Deborah, jamais ils n'étaient montés au Gulliver. Un seul coup d'œil à l'escalier bariolé avait suffi à Sam pour pousser un cri d'épouvante à vous glacer les sangs.

La réaction de Lily à sa découverte des lieux fut à peine meilleure.

« Quelle horreur !

– De quoi ?

– Ces fresques atroces, qui les a faites ? demanda-t-elle, avant de commenter, quand il lui eut appris que c'était une connaissance de Matthew : Eh ben elle est vraiment nulle.

– Il, en l'occurrence.

– Encore pire... Tu sais faire marcher ce truc-là ? demanda-t-elle en se hissant sur un tabouret de bar, un doigt courtaud pointé vers la machine à café. Oui ? Alors je prendrai un grand cappuccino avec supplément chocolat. Ça fera combien ? »

Ce fut seulement à cet instant qu'elle finit par éclater en sanglots déchirants. Quand Julian lui passa le bras autour de l'épaule, elle l'écarta et pleura de plus belle. Il lui prépara son grand cappuccino avec supplément chocolat, mais elle n'y toucha pas. Il lui donna un verre d'eau, qu'elle finit par boire.

« Où est Sam ? lui demanda-t-il.

– Chez tante Sophie. »

Tante Sophie, l'ancienne nounou de Lily, une Slave pleine de sagesse au visage grêlé comme un champ de bataille.

« Et Edward ? »

Elle lui répondit par petites salves sèches en regardant droit devant elle. Une fois les morceaux recollés, le récit donnait à peu près ce qui suit :

Edward et Deborah faisaient chambre à part, comme tout le reste. Après avoir contemplé quelques instants la dépouille de sa mère, Lily avait appelé Edward à l'autre bout du couloir. Ne le voyant pas venir, elle était allée frapper à la porte de sa chambre. « Papa, Papa, elle est morte. » Il était rasé de près. Avec son savon à barbe au bois de santal. Quand donc s'était-il rasé ? Pas de larmes, ni chez lui, ni chez elle. Il l'avait serrée dans ses bras, elle lui avait rendu son étreinte. Puis elle l'avait attrapé par les épaules et secoué un peu pour le ranimer, mais en vain. Alors, elle lui avait pris la tête entre ses deux mains pour l'obliger à la regarder, ce dont il s'était abstenu jusque-là. Et ce qu'elle avait vu, ou cru voir, sur son visage n'était pas du chagrin, mais de la résolution.

« "Lily, il faut que je te parle", il m'a dit. "Vas-y, je lui ai dit. Mais vas-y, bon Dieu !" Alors il m'a juste répondu : "On parlera ce soir, Lily. Fais en sorte d'être là pour dîner." Comme si j'allais me barrer pour aller en boîte le lendemain de la mort de ma mère, putain !

– Et maintenant ?

– Là, il a pris la voiture pour aller faire une de ses grandes promenades à pied. »

Pendant une heure ou plus, perchée sur son tabouret au Gulliver, Lily resta seule à faire son deuil. Tantôt elle se regardait d'un œil incrédule dans le miroir horizontal derrière la machine à café, tantôt elle fusillait du regard les fresques. Julian venait discrètement vérifier à intervalles réguliers. La dernière fois qu'il passa voir, il n'y avait plus de Lily, et le cappuccino avec supplément chocolat restait intact sur le comptoir.

*

Le lendemain matin elle était de retour, cette fois-ci avec Sam.

« Alors, comment va Edward ? lui demanda Julian.

– Ça va, pourquoi ?

– Je veux dire, hier soir. Tu devais dîner avec lui. Il voulait te parler.

– Ah oui ? fit-elle, soudain évasive. Oui, oui, sans doute.

– Mais rien de grave ? Rien de radical ?

– De radical ? Pourquoi tu dis ça ? »

Comme son père, quand elle s'étonnait qu'on lui pose une question, elle la retournait à l'expéditeur.

Et le panneau « défense d'entrer » toujours bien accroché.

« Alors, comment Edward occupe-t-il son temps, sinon ? demanda-t-il d'un ton léger, sans complètement changer de sujet mais presque.

– Sinon ?

– Oui.

– Il est dans sa bulle, répondit-elle en haussant les épaules. Il tourne autour de la zone interdite de Maman. Il prend des objets dans les mains et il les repose.

– Sa zone interdite ?

– Sa tanière. Résistante au feu, aux bombes, aux voleurs, à la famille. En demi-sous-sol à l'arrière de la maison. Tout équipé pour elle, précisa-t-elle du même ton réticent.

– Par qui ?

– Ben par les putains de services secrets, qu'est-ce que tu crois ? »

*

Qu'est-ce qu'il croyait, en effet ?

Eh bien, il y pensait vaguement depuis quelque temps sans mettre une étiquette aussi explicite dessus. Mais Lily avait-elle baissé sa garde par inadvertance ou bien lui administrait-elle simplement une tape sur les doigts pour sa curiosité excessive ? Il préférait ne pas lui poser la question. Elle restait la fille de son père. Son côté réservé, pour ne pas dire secret, faisait autant partie de sa nature que de celle d'Edward. Et, en tant que fils unique ayant grandi sans sœurs, Julian ne pouvait s'empêcher de considérer toute relation entre un père et sa fille avec un mélange de soupçon et de respect admiratif.

Si Lily avait tiré le rideau sur sa discussion prévue avec son père, elle se montra tout aussi peu volubile à propos de ses échanges avec sa mère sur son lit de mort. Néanmoins, Julian ne pouvait pas chasser l'impression que ces deux conversations étaient d'une certaine manière officiellement classées secret. Impression qui se renforça quand Lily annonça l'air de rien qu'elle ne passerait pas à la librairie ce matin mais devait rester à Silverview parce que « les gars en salopette marron vont venir récupérer le coffre-fort encastré de Maman, son ordinateur et tout le bordel ».

« Quoi ? s'écria Julian, stupéfait. Quels gars ?

– Les gars de Maman. Suis un peu, Julian ! Les gens pour qui elle bossait.

– Dans son ONG ?

– Mais bien sûr, voilà, bravo. Son ONG. Mon prochain livre, je l'appellerai *Les Gars de l'ONG.* »

*

C'est seulement lorsque l'organisation de l'enterrement commence à prendre forme que la couverture de Lily, si c'est ce que c'est, finit de s'effilocher. Cela se passe au Gulliver, qu'elle a choisi comme quartier général malgré les fresques moches. Quatre jours se sont écoulés depuis la mort de Deborah. L'horreur de Sam face à l'escalier bariolé s'est évaporée le jour où Julian l'a pris sur ses épaules pour monter au premier en chantant une comptine rythmée. Sam et Matthew ont accroché tout de suite. Certains jours, Milton, l'ancien auxiliaire de vie de Deborah, vient faire un tour et, saluant la compagnie d'un grand geste, s'installe par terre en toute décontraction et fait des puzzles d'animaux avec Sam sans qu'un mot passe entre eux ou presque.

Mais aujourd'hui, à l'heure du déjeuner, il y a juste Julian, Lily et Sam, qui a sorti tous les livres pour enfants des étagères et les a étalés par terre. Quand Julian revient après être allé acheter des sandwiches, Lily est en pleine conversation sur son portable.

« OK, d'accord. Compris, Honour... Ouais... OK, si c'est ça qu'il faut... »

Elle raccroche en ponctuant d'un : « Salope. »

« "Salope" ? Qui donc ? demande Julian d'un ton léger.

– Tout est arrangé. C'est Honour qui le dit. On n'a absolument rien à faire. Dans huit jours à midi, et après il y aura un pince-fesses au Royal Haven. Maman voulait que ce soit un samedi pour que ses vieux potes du Service puissent venir, donc ce sera un samedi. Ah oui, au fait, Papa veut que tu sois son témoin.

– Pardon ?

– Son porteur de cercueil ou je sais pas quoi. Je ne suis pas au point sur tous ces trucs, OK ? Et Papa non plus, alors c'est pas facile, d'accord ?

– Je n'ai jamais dit que c'était facile.

– Tant mieux, rétorque Lily sur un ton qui rappelle plus sa mère que son père, pour une fois.

– Et donc, Honour, c'est qui ? »

À la surprise de Julian étant donné l'humeur belliqueuse de Lily, celle-ci reste silencieuse un moment.

« On est des espions, OK ? Maman est une espionne, Papa est un espion et moi je suis leur intermédiaire. »

Soudain furieuse de nouveau, elle tape du poing sur le comptoir en acier inoxydable et s'écrie :

« C'est dégueulasse, putain ! Maman a vécu toute sa vie cachée comme un rat ! Ils ne l'ont même pas autorisée à porter sa médaille à la con le 11 novembre. Mais là, elle clamse, et tout d'un coup ils veulent que son cercueil remonte la Tamise à bord de la péniche royale avec la brigade des gardes qui joue des marches funèbres ? Non mais on rêve ! »

Petit à petit, le reste de l'histoire finit par sortir. À peine quelques heures après le décès de Deborah, semble-t-il, Honour a contacté Lily, d'abord par téléphone puis par mail. Honour se spécialise dans les funérailles des membres du Service, et elle veut mettre la cérémonie de Deborah en attente le temps de « rameuter les troupes ». Lily trouve particulièrement irritante sa façon de parler, qu'elle compare à Margaret Thatcher avec une pomme de terre bouillie coincée dans le gosier.

Honour a fini de rameuter ses troupes, d'où le coup de fil. Au dernier pointage, elle compte sur une assemblée d'une cinquantaine de membres actifs ou retraités avec leurs conjoints respectifs. Le Service sera heureux de financer aux deux tiers le coût de la réception, que le Royal Haven a budgétée à dix-neuf livres par invité, comprenant les canapés du menu C, vin blanc et vin rouge, et six serveurs. Un haut gradé prononcera un éloge de vingt minutes maximum.

« Et ce haut gradé, il a un nom, ou ne suis-je pas censé poser la question ? demande Julian par plaisanterie.

– Harry Knight, répond-elle avant d'imiter la voix d'Honour : "Knight comme dans Batman, mon chou." »

Et comment Edward réagit-il aux interventions d'Honour ?

« Papa est complètement hors du coup. Tout ce que voulait Maman lui convient et il ne se mêle de rien », lâche-t-elle en réactivant son panneau « défense d'entrer ».

En signe de deuil, elle s'est mise à porter son foulard *Docteur Jivago* très en avant sur le visage, ce qui empêche quiconque de la reconnaître, sauf de face.

*

Les journées s'écoulèrent avec une lenteur pénible. L'après-midi, Lily emmenait Sam à l'aire de jeux ou au bord de la rivière pour une promenade et Julian les accompagnait quand la librairie était calme. Parfois, tante Sophie débarquait à l'improviste et sortait Sam. Sophie, qui avait « travaillé à l'étranger avec Papa à je ne sais trop quel poste », pour reprendre les mots de Lily. Julian se gardait bien de poser des questions. Au fil du temps, il en venait à considérer tout le clan Avon, satellites inclus, comme uni non pas par les secrets qu'ils partageaient mais par les secrets qu'ils se cachaient les uns aux autres – concept qui faisait écho à sa propre enfance.

Cependant, même s'il lui fallut un certain temps pour le percevoir, Lily s'extirpait doucement de sa prison à force de lui parler.

Un début de soirée, soleil après la pluie. Julian et Lily se promènent main dans la main sur le sentier. Julian suppose qu'elle pense à Deborah. Sam et tante Sophie sont un peu plus loin devant eux.

« Mon appart à Bloomsbury, tu sais ce que c'était avant que j'emménage ?

– Un bordel ? plaisante-t-il, ce qui la fait éclater de rire.

– Mais non, imbécile, une maison sûre du Service ! Et quand elle n'a plus été sûre, ils ont gentiment autorisé Maman à l'acheter au prix du marché. Et Maman nous l'a donné. Super, sauf qu'on a dû attendre un mois avant d'emménager. Pourquoi, à ton avis ? Allez, devine ! »

Humidité ? Rats ? Chèque en bois ?

« Parce qu'il a fallu attendre que les nettoyeurs donnent leur feu vert », explique-t-elle.

Et pour sa plus grande joie, Julian tombe dans le panneau, peut-être délibérément.

« Mais non, andouille, pas des femmes de ménage ! Les nettoyeurs qui détectent les mouchards. Les micros cachés, si tu préfères. Ils ne venaient pas les installer, ça, ils l'avaient déjà fait. Ils venaient les enlever. J'ai toujours l'espoir d'en trouver un qu'ils auraient loupé, comme ça je dirais des cochonneries dedans. »

C'est le rire de Lily qu'il aime le plus, et le contact de son bras quand elle le passe autour de sa taille. Et le fait qu'elle l'y laisse quand elle redevient pensive.

« À en croire les rumeurs locales, Deborah et Edward se sont disputés à cause de la collection de porcelaine de ton grand-père, ose Julian pour tâter le terrain.

– Tu me l'apprends, réplique-t-elle en haussant les épaules. Maman disait qu'elle ne pouvait plus les voir en peinture et qu'ils allaient les mettre en stockage pour économiser sur l'assurance. »

Et Papa ? Mieux vaut ne pas demander.

Quand Julian mentionne au passage que quelqu'un lui a dit que la porcelaine bleu et blanc chinoise était la grande passion d'Edward depuis sa retraite, elle lui répond : « Sa passion ? Papa ne reconnaîtrait pas un Ming d'un nêm ! »

Quant aux disputes entre ses parents, tout ce que sait Lily (essentiellement par tante Sophie, qui donnait un coup de main à la maison à ce moment-là), c'est qu'il y a eu un gros clash « dans le repaire de Maman », où Edward n'avait théoriquement pas le droit d'entrer en raison des règles de compartimentation. Mais Lily a des doutes, parce que Sophie n'a pas toujours été une source des plus fiable.

« Et si quelqu'un a crié, c'était Maman. Papa n'a jamais crié de sa vie. Sophie pense qu'il avait dû la frapper, mais ce n'est pas son genre non plus. Alors peut-être que c'est

Maman qui l'a frappé. Ou alors il ne s'est rien produit du tout.

– Tu y es déjà allée ?

– Dans son repaire ? Une fois. "Ma chérie, tu peux venir jeter un tout petit coup d'œil, mais après plus jamais." "Super, j'ai dit. Tu fais dans les corbeilles à courrier, le téléphone vert sur un support rouge et les ordis taille XXL. Mais tu fais quoi d'autre, Maman ?" "Je protège notre pays de ses ennemis, ma chérie. Et j'espère que tu en feras autant un jour."

– Et Edward, il nous protège de quoi ? »

Petite pause le temps qu'elle décide de la quantité d'information qu'elle est prête à lui confier.

« Papa ?

– Oui, Papa.

– Du travail spécial. C'est tout ce qu'ils m'ont dit quand ils m'emmenaient déjeuner au restau. J'ai demandé à Maman ce que faisait Papa en Bosnie à l'époque où j'étais en pension. "De l'humanitaire, ma chérie, entre autres choses." "Putain mais ça veut dire quoi, 'entre autres choses' ?" j'ai dit. "Ne jure pas, ma chérie."

– Et tu as posé la question directement à ton père ?

– Pas vraiment. »

*

Il était sans doute inévitable que, sur son chemin vers l'affranchissement de ses secrets, Lily réserve sa révélation la plus dérangeante pour la fin.

« Maman m'a demandé d'apporter une lettre à Londres pour elle, lâcha-t-elle un soir où ils buvaient une bière au Fisherman's Rest. Une maison sûre dans South Audley Street. "Sonne trois fois et demande Proctor." »

À ce stade, Julian aurait pu répondre que lui aussi avait remis une lettre confidentielle, mais pour son père. Néanmoins, si la promesse solennelle qu'il avait faite à Edward n'avait pas suffi à le retenir, son inquiétude pour Lily l'aurait fait. À trois jours des funérailles de Deborah, ce n'était pas le moment de révéler à Lily que son père avait une relation de longue date avec une belle inconnue.

« Bref, maintenant je lui ai dit. OK ? lâcha-t-elle d'un ton agressif. "Es-tu es allée remettre une lettre pour ta mère ?" "Oui." "À Proctor ?" "Ouaip." "En connais-tu le contenu ?" "Non, et Proctor m'a posé la même question débile." Et puis il m'a prise dans ses bras et il m'a dit que ce n'était pas grave, que j'avais fait ce qu'il fallait faire et lui aussi.

– Lui Proctor ?

– Non, lui Papa, enfin ! Il m'a donné sa bénédiction papale. Il était debout devant la cheminée du salon, qu'on n'allume jamais : va en paix, ma chérie, ta mère était une femme formidable, j'ai fait ce que j'avais à faire, je suis juste désolé qu'elle et moi ayons vécu dans des univers différents.

– Mais qu'est-ce qu'il a fait qu'il avait à faire ? »

Et la porte se referma une nouvelle fois.

« Ils avaient des secrets différents, c'est tout », répondit-elle sèchement.

*

Mon cher Julian,

Au vu des circonstances douloureuses, vous me pardonnerez de ne pas avoir répondu plus tôt à vos gentils messages de condoléances. Deborah va en effet laisser un grand vide dans le cœur de ceux qui l'aimaient. Je souhaite également vous dire à quel point je suis touché que vous endossiez avec Lily le poids de l'organisation des funérailles, qui en d'autres circonstances retomberait sur mes épaules. Malgré cela, auriez-vous une ou deux heures à me consacrer demain après-midi pour une promenade revigorante ? Le temps promet d'être au beau. Je vous propose 15 heures et je joins une carte pour votre convenance.

Edward

« Orford ? répéta Matthew, horrifié, quand Julian mentionna sa destination dans la conversation. Si on aime les zones de guerre, ça va. »

La journée était radieuse comme seules peuvent l'être les journées de la fin du printemps. On annonçait de la pluie, mais le vaste ciel bleu n'en laissait deviner aucun signe. Le vénérable Land Cruiser de Julian, pas aussi agréable à conduire que la Porsche à laquelle il avait renoncé mais plus adapté au transport de livres, avait un habitacle assez haut pour lui permettre de voir, par-dessus les haies, des agnelets faire leurs premiers pas hésitants dans la vie. Sur une quarantaine de kilomètres, il roula dans une campagne proprette dont presque aucune maison ni aucun passant ne venait perturber le cadre idyllique. Des jonquilles et des fleurs d'arbres fruitiers ravivèrent en lui le souvenir de presbytères ruraux avant la déchéance de son père.

La perspective de rencontrer Edward était un soulagement. Depuis des jours, il s'imaginait l'humanitaire en Bosnie, l'amant secret, l'espion et le veuf apparemment impénitent sous la forme d'un spectre arpentant les couloirs mal éclairés de Silverview tel le père de Hamlet, échangeant à peine quelques mots avec sa fille ou s'éclipsant impromptu pour aller faire de mystérieuses promenades.

Un antique château à trois tours apparut sur sa droite. Son GPS le guida jusqu'à une place de village toute pimpante d'où partait une voie d'accès descendant vers un quai. Alors qu'il se garait sur un vaste parking désert, un nouvel avatar d'Edward sortit des ombres projetées par de gros arbres : Edward l'homme des grands espaces, portant une veste verte en toile huilée, un chapeau fatigué et des souliers de randonnée.

« Edward, je suis tellement désolé, lui dit Julian en lui serrant la main.

– C'est très gentil à vous, Julian, répondit machinalement Edward. Deborah avait beaucoup d'estime pour vous. »

Ils se mirent en marche. Julian n'avait nul besoin de l'avertissement de Matthew. Ayant enfin achevé *Les Anneaux de Saturne*, il savait à quoi s'attendre dans la solitude perdue de ce bout du bout du monde que même les pêcheurs trouvaient invivable. Ils empruntèrent une allée piétonne encombrée de poubelles, montèrent un escalier en bois branlant et se frayèrent un chemin dans la boue à travers tout un attirail de bateaux pour émerger sur un quai jonché de détritus.

Edward partit à gauche. La digue les obligeait à marcher l'un derrière l'autre, cinglés par des embruns propulsés par la mer. Edward fit volte-face.

« Nous sommes réputés pour nos oiseaux, ici, annonça-t-il avec une fierté de propriétaire. Nous avons des vanneaux, des courlis, des butors, des pipits des prés, des avocettes et bien sûr des canards, déclara-t-il comme un maître d'hôtel récite les spécialités du jour. Attention, vous entendez cette femelle courlis qui appelle son compagnon ? Scrutez bien, là-bas, suivez mon doigt. »

Julian afficha un air concentré, mais cela faisait quelques minutes qu'il n'arrivait à scruter que l'horizon, où s'alignaient tous les vestiges de notre civilisation après sa destruction dans une catastrophe à venir : lointaines forêts d'antennes débranchées perçant le brouillard, hangars, casernes, bâtiments et locaux techniques désaffectés, pagodes montées sur des pieds éléphantesques pour éprouver la résistance aux bombes atomiques, avec un toit convexe mais pas de murs au cas où le pire arriverait. Et à ses pieds, une pancarte lui enjoignant de se cantonner aux sentiers balisés au risque de marcher sur des engins explosifs non désamorcés.

« Vous êtes troublé par cet endroit infernal, Julian ? avança Edward en constatant sa distraction. Moi aussi.

– C'est pour ça que vous y venez ?

– Oui, répliqua-t-il avec une candeur inaccoutumée avant de lui attraper le bras, chose qu'il n'avait jamais faite. Écoutez bien. Vous entendez ? Dites-moi ce que vous entendez par-dessus les cris des oiseaux. »

Julian perçut seulement d'autres cris d'oiseaux et les hurlements du vent.

« Vous n'entendez pas la mitraille de la glorieuse histoire de la Grande-Bretagne ? Non ? Le bruit des canons ?

– Et vous, qu'entendez-vous ? répliqua maladroitement Julian avec un rire destiné à contrer la sévérité du regard d'Edward.

– Moi ? fit celui-ci, comme toujours surpris qu'on lui pose la question. Eh bien, la mitraille de notre glorieux avenir, quoi d'autre ? »

Quoi d'autre, en effet ? songea Julian, dont la perplexité s'accrut lorsque, arrivé au bout d'une barre de sable, Edward lui reprit le bras pour le guider jusqu'à un tas de bois flotté et le faire asseoir près de lui sur ce banc de fortune.

« Il me vient à l'esprit que nous n'aurons peut-être pas de sitôt l'occasion de nous parler seul à seul, annonça-t-il brusquement.

– Pourquoi cela ?

– Après un enterrement, beaucoup de choses changent. Il y aura de nouveaux impératifs. De nouvelles vies à vivre. Je ne peux pas être l'invité qui parasite la librairie indéfiniment.

– Qui parasite la librairie ?

– Maintenant que cette pauvre Deborah n'est plus de ce monde, je n'aurai plus de prétexte.

– Vous n'avez pas besoin de prétexte, Edward. Vous êtes le bienvenu quand vous voulez. Nous sommes en train de construire une belle bibliothèque ensemble, vous vous rappelez ?

– Je me rappelle, oui, et vous avez été particulièrement généreux. J'ai honte d'avoir abusé de votre hospitalité, mais c'était malheureusement nécessaire. »

Nécessaire ?

« Notre République de la Littérature est bien fondée. Elle n'a plus besoin que de vos compétences administratives pour arriver à éclosion. Je ne vous servirais à rien. Mon amie a pensé beaucoup de bien de vous.

– Mary ?

– Elle n'avait aucune inquiétude quant à votre loyauté à mon égard. Elle vous a bien volontiers confié sa réponse à ma lettre. Elle a affirmé que vous étiez un homme intègre. C'est une femme qui a une grande expérience du monde réel.

– Elle va bien ?

– Elle est en sécurité, merci. J'en suis heureux.

– Eh bien, tant mieux pour Mary.

– Voilà. »

La conversation s'était interrompue, à la fois parce que Julian ne trouvait pas les mots et parce qu'Edward rassemblait ses pensées.

« Et vous éprouvez de l'affection envers ma fille, je vois. Vous ne vous laissez pas abuser par son côté lunatique ?

– Pourquoi, je devrais ?

– Oserai-je dire que Lily n'est pas très douée pour cacher ses émotions ?

– Peut-être a-t-elle eu trop de choses à cacher, osa Julian.

– Et Sam n'est pas un handicap ?

– Sam ? C'est un atout, au contraire.

– Il règnera sur le monde, un jour.

– Espérons-le. Vous n'êtes pas en train de me dire d'épouser votre fille, là ?

– Oh non, mon cher ami, rien d'aussi fatal ! se récria Edward, dont le visage s'éclaira brièvement d'un sourire. Je voulais simplement m'assurer que l'affection de Lily n'était pas mal dirigée. Vous venez de me fournir cette assurance.

– Qu'est-ce que vous cherchez à me dire, Edward ? C'est quoi, cette conversation ? »

Était-ce un soupçon d'inquiétude, sur le visage d'Edward ? En le regardant de plus près, Julian se convainquit que non, car les traits d'Edward ne reflétaient rien d'autre qu'une tristesse nostalgique.

« Je suis dans le passé, maintenant, Julian. Je ne peux faire de mal à personne. Je tiens à ce que vous sachiez que, si l'occasion se présente, vous avez le droit de parler de moi. Il y a des gens que nous ne devons trahir à aucun prix. Je n'appartiens pas à cette catégorie. Je n'ai aucun droit sur vous. J'aimais votre père. Maintenant, donnez-moi la main. Voilà. Quand nous retournerons au parking, je vous ferai simplement un au revoir formel. »

D'abord une poignée de main. Puis une étreinte impulsive, de sa part, puis on lâche avant qu'ils nous voient.

11

C'était la deuxième fois en deux semaines que Julian s'habillait pour Deborah, mais aujourd'hui ce fut sans la moindre hésitation qu'il revêtit son costume sombre de la City. Dans son miroir, il voyait se refléter l'église médiévale trônant au sommet de la colline et, sur sa flèche, le drapeau de saint Georges mis en berne. Près du parvis s'étendait l'ancien cimetière des marins, dont l'emplacement permettait à leur âme de retourner en mer, à en croire la légende.

J'ai adhéré toute ma vie aux superstitions de ma tribu, et j'ai l'intention d'être enterrée selon ses rituels.

Lily lui avait ordonné d'être fin prêt pour 11 h 15. Il n'avait pas porté le cercueil aux funérailles de son père ni de sa mère. La perspective atrocement comique qu'il puisse trébucher ou se ridiculiser avait été plusieurs fois évoquée lors de ses nombreuses conversations avec Lily au cours de la nuit.

Elle a les chocottes à Silverview.

Edward l'aime tant qu'il n'arrive pas à trouver le courage de lui parler. Cinq minutes et il quitte la pièce.

Même Sam est devenu silencieux. Elle l'a installé dans sa chambre à elle et enfin, enfin il s'est assoupi.

Je t'aime, Juju. Dors bien.

Dix minutes plus tard, elle le rappelle. Ou elle lui envoie un SMS. Ou c'est lui qui l'appelle.

Après de fortes pluies, le soleil se leva dans un ciel dégagé. Malgré le port de ses souliers de la City, Julian décida de partir à pied. À mesure qu'il gravissait la colline, le bourdon résonna plus fort, lançant son appel monocorde aux habitants de la ville, mais aussi à la cinquantaine de membres actifs et retraités rameutés par Honour. Dans les nids-de-poule du parking, que l'église n'avait pas les moyens de combler, la pluie formait de grandes flaques marronnasses. Se garer là, c'était risquer les chaussures crottées et les pieds trempés. Deux policiers obséquieux indiquaient donc aux nouveaux arrivants d'ignorer l'inter-diction de stationner sur le trottoir. Sur le parvis, les invités se saluaient ou s'étreignaient et deux hommes en costume distribuaient des livrets de cérémonie. Trois jeunes croque-morts fumaient discrètement une cigarette sous un large cyprès. Julian fut accosté par Celia, tout de noir vêtue et accompagnée d'un petit homme portant un pardessus en poil de chameau et des gants de cuir orange.

« Vous n'avez pas rencontré mon Bernard, jeune mon-sieur Julian, je crois ? demanda Celia d'une voix guindée tout en le foudroyant du regard. Nous pourrions peut-être avoir une petite conversation en sortant ? »

Mais quelle mouche l'avait piquée ?

Deux bénévoles de la bibliothèque lui fondirent dessus :

« Quelle terrible nouvelle ! »

Terrible, en effet.

Puis ce fut Ollie le boucher et son associé George.

« Vous n'auriez pas vu Lily, par hasard ? s'enquit Julian.

– Dans la sacristie avec le pasteur », répondit George du tac au tac.

« Ah, vous êtes le libraire ! affirma une grande femme
aux traits masculins. Je suis Leslie, la cousine de Deborah.
Et moi aussi je cherche Lily. Voici mon mari. »

Enchanté.

La porte de la sacristie était ouverte. Un coffre à capes,
des crucifix en roseau accrochés au mur, l'encens de son
enfance, mais pas de pasteur ni de Lily. Il poursuivit ses
recherches et la trouva debout dans un carré d'herbe haute
entre deux gros arcs-boutants, orpheline victorienne avec sa
jupe longue et son chapeau cloche noirs. À ses pieds, une
petite montagne de couronnes et de fleurs rouges.

« J'ai demandé à ce qu'ils les disposent autour de la
tombe, expliqua-t-elle.

— Et après, elles doivent être emportées à l'hôpital. Tu
as pensé à leur dire ?

— Non.

— Je le ferai. Tu as pu dormir un peu ?

— Non. Serre-moi dans tes bras. »

Il s'exécuta.

« Les pompes funèbres devraient faire une liste des noms
sur les cartes au cas où elles se détacheraient. Je leur dirai
aussi. Où est Sam ?

— Avec Milton à l'aire de jeux. Pas question que je le
laisse approcher.

— Et Edward ?

— Dans l'église.

— Il fait quoi ?

— Il regarde le mur comme un con.

— Je te laisse là tranquille, ou tu veux te mêler à la foule ?

— Derrière toi. »

C'était un avertissement. Un grand rugbyman au sourire
édenté avait bondi jusqu'à lui.

« Bonjour, je m'appelle Reggie. J'étais un collègue proche de Debbie. Vous êtes bien Julian ? On porte le cercueil ensemble. Parfait, suivez-moi. »

À quelques mètres de là les attendaient quatre autres Reggie et un croque-mort replet qui avait coincé son chapeau haut-de-forme sous son bras. Poignées de main. Bonjour, bonjour. Le croque-mort réclama leur attention, messieurs, si je puis me permettre :

« Je commencerai par une mise en garde, messieurs. Vous ne devez toucher les poignées sous aucun prétexte. Si vous touchez les poignées, vous repartirez à la maison avec. Pour nos chers disparus, on utilise une épaule et une main chacun. Je vous donnerai personnellement le signal et je resterai avec vous sur tout le trajet au cas peu probable où il y ait un souci. Et attention à la troisième dalle, elle est piège. Des questions ?

– La famille souhaite que les fleurs soient envoyées à l'hôpital demain matin, et ils aimeraient récupérer une liste des noms sur les cartes, intervint Julian.

– Merci, monsieur. Nous nous en occupons comme stipulé au contrat. Autre chose ? Dans ce cas, je vais vous demander de vous diriger vers le parvis pour y attendre l'arrivée du corbillard. »

Une femme d'un certain âge sauta sur Julian et le prit dans ses bras.

« Vous vous rendez compte ? Tout le F7 est venu ! annonça-t-elle d'un ton ravi. Y compris certaines personnes qui ne viennent jamais aux enterrements. N'est-ce pas merveilleux ?

– C'est formidable, oui », convint Julian.

*

Avançant d'un pas lent vers l'autel, surveillant de près la troisième dalle, une main pour notre chère disparue et un sixième de son corps sur son épaule droite, Julian jette un coup d'œil à la congrégation, en commençant par Lily, assise devant à gauche près de son père. D'Edward, il ne voit que les épaules d'un costume élégant et l'arrière de sa tête chenue.

La cinquantaine de personnes rameutée par Honour est répartie en deux groupes, devine-t-il : les retraités dans les premiers rangs de la nef, les actifs sur les bancs au fond du collatéral sud, où ils peuvent voir sans être vus. Coïncidence ou planification subtile des ouvreuses du Service ? Il penche pour la deuxième explication.

Deux anges en bois sculpté sont agenouillés de part et d'autre de l'autel pourpre devant lequel attendent des tréteaux. Sur un ordre murmuré par le croque-mort, « On baisse », le cercueil biodégradable contenant la dépouille de Deborah Avon est placé à la perfection sur les tréteaux. Alors qu'il se penche pendant la manœuvre, Julian aperçoit une médaille dorée à ruban vert enfouie entre les roses rouges posées sur le couvercle. Un organiste chauve qui suit la scène dans un miroir entonne un hymne poignant, les porteurs se retournent en un même mouvement et Julian rejoint Lily, dont la main gantée trouve la sienne et se love avec familiarité au creux de sa paume. Elle murmure « Mon Dieu » et ferme les yeux. De l'autre côté, Edward regarde fixement devant lui, le menton en l'air, les épaules en arrière, comme s'il faisait face au peloton d'exécution.

Paraissant minuscule et sans défense derrière son pupitre avec sa jupe et son chapeau cloche noirs, Lily donne lecture d'un poème de Kipling choisi par sa mère, d'une voix pour une fois si faible qu'elle ne porte pas au-delà des deux premiers rangs.

Un accord tonitruant à l'orgue donne le signal à la cinquantaine de membres actifs et retraités et leurs conjoints de se lever comme un seul homme. Les habitants de la ville les imitent en ordre dispersé. La congrégation s'engage dans un unisson fracassant à « œuvrer jour et nuit pour être un pèlerin », ce qui fait trembler la voûte en berceau. Quand la musique s'éteint, Harry Knight est debout en chaire.

Quel que puisse être son véritable nom, Harry est l'acteur idéal pour le rôle, et quoi que le Service puisse représenter, Harry le représente. Il est clair, il est sain, il est franc. Il dégage une impression de droiture morale parfaitement assumée. Ses deux mains restent visibles en permanence, et il s'exprime aisément sans recourir à des notes.

L'exceptionnelle beauté de Deborah. Son esprit.

La triste perte prématurée de sa mère.

La chance d'avoir grandi dans l'ombre de son père, soldat, érudit, collectionneur, philanthrope.

Son amour pour son pays.

Sa détermination à faire passer son devoir avant sa propre personne.

Son amour pour sa famille, le soutien que lui a apporté son dévoué mari.

Ses exceptionnels dons de linguiste. Sa lucidité d'esprit. Sa rare puissance d'analyse.

Et par-dessus tout, son amour du service. Et du Service.

Les habitants s'étonnent-ils que tant de qualités hors norme aient été réunies dans une femme qu'ils connaissaient de loin comme membre de tel ou tel comité ? Apparemment non. Julian ne détecte pas de stupéfaction sur les visages béats. Même lorsque Harry Knight lit un message personnel du dirigeant de la firme prestigieuse pour laquelle cette chère Deborah a travaillé si inlassablement pendant tant d'années, leur seule réaction est cette même béatitude naïve.

Un autre psaume.

Des prières interminables.

Toute la jeunesse de Julian qui lui revient.

Le pasteur arbore une ribambelle de décorations. Est-il un héros local ou œuvre-t-il dans le même milieu que Harry Knight et Honour ? Le produit de la quête d'aujourd'hui ira aux missions à l'étranger. Pour épargner cette tâche à nos bénévoles débordés, les personnes présentes auraient-elles la gentillesse de replacer les psautiers et livres de cantiques sur l'étagère en bas du banc devant elles avant de partir ? L'enterrement qui va suivre cette cérémonie aura lieu en présence de la famille et des proches seulement, merci de votre compréhension. Le reste de la congrégation est invité à se rendre à l'hôtel Royal Haven à deux cents mètres en descendant la colline. Si vous avez des allergies alimentaires, merci d'en informer le personnel de service. Accès handicapé possible.

Tandis que l'orgue enchaîne sur un répertoire de tristesse alanguie, Julian et ses collègues reprennent leur place près du cercueil et, sous la direction du croque-mort replet, le portent à pas lents jusqu'au corbillard, puis s'entassent dans la voiture qui le suit le long d'un sentier en argile rouge en zigzaguant entre des travaux de voierie jusqu'au cimetière, où le pasteur et une demi-douzaine de membres de la famille ont déjà été amenés en bus. Les porteurs descendent du véhicule. Les jeunes croque-morts sortent le cercueil. Les porteurs se remettent en formation. Lily et Edward se tiennent à quelques mètres du bord de la tombe. Lily s'agrippe si fort au bras d'Edward que les doigts de ses deux mains croisées sont blancs. Pour qu'il soit bien conscient de sa présence, elle a posé la tête sur son épaule.

Il m'a dit que Maman ne voulait pas de lui à l'enterrement. Je lui ai répondu que s'il n'y allait pas, moi non plus. Qu'est-ce qu'ils ont bien pu se faire l'un à l'autre, Juju ? s'interrogeait Lily d'une voix fatiguée sur son portable tôt ce matin.

Sur une série d'ordres du croque-mort replet, les six porteurs se figent, hésitent, puis descendent lentement le cercueil de leurs épaules (c'est le passage critique) pour le transférer à leurs mains, le posent précautionneusement sur les planches en bois, puis attrapent les cordes pendant que les croque-morts subalternes retirent les planches, et consignent enfin Deborah à son lieu de repos éternel.

« Très bel au revoir, commente Reggie en rejoignant Julian pour faire le trajet jusqu'au Royal Haven. Elle le méritait bien. Et ce pauvre Edward tient pas mal le choc, vous ne trouvez pas ? Vu les circonstances ? »

Et quelles sont-elles au juste ? se demande Julian.

*

Ils arrivèrent après les invités. Manquait encore la famille.

« Je devrais vous connaître, mais hélas ce n'est pas le cas », s'exclama cordialement Harry Knight en lui serrant la main.

Julian se présenta.

« Ah mais bien sûr, je sais qui vous êtes ! L'ami d'Edward. L'ami de la famille. Heureux de votre présence ici.

– Et moi, je suis Honour, annonça simplement une femme portant un châle mauve. Lily dit que vous l'avez énormément soutenue. »

Un groupe d'habitants de la ville s'était constitué au bout de la salle. En émergea Celia, suivie de près par Bernard dans son pardessus en poil de chameau.

« Je veux toujours vous dire un mot entre quatre-z-yeux, jeune monsieur Julian, si vous avez du temps à me consacrer, rappela-t-elle en lui attrapant le bras de façon tout sauf amicale. Bon, alors, dites-moi. À qui vous avez parlé ?

– Là à l'instant ?

– Ne jouez pas à ça avec moi. À qui avez-vous cafté sur ma collection grand luxe et certaines rétributions informelles que j'ai pu toucher ?

– Celia, enfin ! Pourquoi aurais-je cafté à qui que ce soit ?

– Et vos riches amis de la City ? Vous m'aviez dit que vous alliez tendre l'oreille.

– Oui, on était convenus que si j'apprenais quelque chose, je vous le dirais, et je n'ai rien appris. Et je n'ai parlé à personne. Satisfaite ?

– Il y en a qui ne sont pas satisfaits, en tout cas, c'est les Inspecteurs de la Taxe sur la Valeur Ajoutée de Sa Majesté, je peux vous le dire. Ils ont déboulé dans ma boutique comme des gorilles de la mafia. "Madame Merridew, nous avons des raisons de penser que vous recevez depuis de nombreuses années des paiements illicites sous forme de commissions sur certaines transactions non déclarées de porcelaine bleu et blanc. En conséquence, nous venons saisir vos livres de comptes et votre ordinateur avec effet immédiat." Qui donc a bien pu leur raconter ça, hein ? Pas Teddy, en tout cas. »

Le visage de fouine de Bernard pointa derrière l'épaule de son épouse.

« Je lui ai dit d'aller parler à la police, moi, mais elle ne veut pas, geignit-il. Pas la police, jamais. Elle s'y refuse. »

Une discrète agitation signala l'arrivée tardive de la famille, avec Edward toujours au bras de Lily. Julian allait se frayer un chemin vers elle quand il fut de nouveau coincé par le dynamique Reggie, qui jusque-là avait régalé de son charme les invités esseulés.

« Je peux vous réquisitionner un moment, Julian ? »

Ce qu'il fit sans attendre son autorisation, l'entraînant dans un office attenant à la cuisine, au milieu du ballet des serveurs qui passaient avec des plateaux de verres de vin et de canapés.

« Un de mes supérieurs a vraiment besoin de vous parler, l'informa Reggie. Et plutôt maintenant que plus tard, hélas.

– De quoi ?

– De la sécurité du royaume. Il a examiné votre dossier, il vous tient en haute estime. Paul Overstrand, ça vous parle ?

– C'est lui qui m'a donné mon premier job à la City. Pourquoi ?

– Paul vous salue. Et Jerry Seaman, votre ancien collègue directeur ?

– Oui, quoi ?

– Il dit qu'il vous déteste, mais que vous êtes quelqu'un de bien. Je suis garé tout près, dans Carter Street. Une BMW noire avec un K rouge sur le pare-brise. C'est noté ? Carter Street, BMW noire, K rouge. Laissez-moi cinq minutes, et puis vous sortez vous aussi. Racontez-leur que Matthew a peur d'être en train de faire une crise cardiaque, par exemple. »

Commerçants, espions et notables locaux commençaient à se mélanger. Edward et Lily se tenaient près de l'entrée, Lily avec un verre à la main, qu'elle écartait pour donner l'accolade à qui passait, Edward muet et droit comme la justice, qui serrait toutes les mains qu'on lui tendait. Des membres actifs et retraités, seuls quelques-uns semblaient le connaître.

« Ils veulent me parler, annonça Julian en prenant Lily à part. Ils veulent que j'invente un prétexte à la noix, mais je vais juste m'éclipser. Je t'appelle dès que je peux. Et il vaut mieux que tu ne le dises pas à ton père, je pense. »

Il sortit dans la rue, où il fut accueilli par deux des porteurs de cercueil, qui l'encadrèrent pour effectuer le trajet de cinquante mètres jusqu'à Carter Street. La BMW noire était garée sur une double ligne jaune. Un policier en faction une dizaine de mètres plus loin s'appliquait à regarder de l'autre côté. Reggie était au volant. Derrière la BMW, une Ford verte démarra juste après eux avec les deux porteurs de cercueil à l'avant. Bientôt, ils roulaient dans la campagne.

« Alors il s'appelle comment ? demanda Julian.

– Qui ça ?

– Votre collègue.

– Smith, j'imagine. Vous avez votre portable sur vous ?

– Pourquoi ?

– Vous voulez bien me le remettre ? dit Reggie en tendant la main gauche. Règles de la maison, désolé. On vous le rendra à la fin.

– Je crois que je vais le garder, si ça ne vous dérange pas », répliqua Julian.

Reggie mit son clignotant et se gara sur une place libre. Derrière eux, la Ford les imita.

« On va la refaire, d'accord ? » suggéra Reggie.

187

Julian lui remit son portable. Ils quittèrent la grand-route pour emprunter de petits chemins déserts. Le ciel s'était obscurci et de grosses gouttes de pluie frappaient le pare-brise. Sur leur droite s'ouvrit un sentier signalé par une pancarte À VENDRE complétée par un autocollant VENDU. Toujours suivis par la Ford verte, ils roulèrent sur des nids-de-poule et aboutirent à une grande enclave en ruine regroupant des étables au chaume fragmentaire, des maisons de journalier décrépites et, au centre, une ferme délabrée aux murs effrités. Tout autour stationnait, pas toujours à l'abri, un assortiment de véhicules allant de la voiture familiale au car de tourisme en passant par des motos, vélos, mobylettes, trottinettes et même, si Julian, médusé, ne faisait pas erreur, la vieille camionnette ayant abrité les étreintes passionnées de deux amoureux dans l'allée de Silverview.

Ici et là, entrant et sortant des maisons de journalier, bricolant une voiture ou une moto, un assortiment tout aussi varié d'individus : couples d'âge mûr, randonneurs, facteur en uniforme, mères avec enfants. Julian fut surtout frappé par leur banalité collective et le fait qu'aucun ne tourne la tête pour le regarder se faire escorter par Reggie jusqu'à la ferme. Un grand échalas en costume gris passe-partout descendit d'un pas prudent les marches cassées du perron avec un sourire gêné et lui tendit la main en signe de bienvenue.

« Bonjour, Julian. Je m'appelle Stewart Proctor. Désolé d'avoir dû vous kidnapper, mais il s'agit hélas d'une affaire urgente pour la nation. »

Julian n'avait encore rien dit, non pas faute de mots ou d'indignation, mais parce qu'il s'était enfin rendu compte que cela faisait des jours, voire des semaines, qu'il attendait une sorte de résolution à toute cette histoire. Ils avaient laissé Reggie devant la porte. À la lueur d'une lampe torche argentée à l'ancienne, Proctor l'avait précédé dans la maison envahie par la pénombre, marchant sur des dalles cassées et des solives apparentes jusqu'à une porte-fenêtre aux vitres brisées qui donnait accès à un jardin circulaire envahi par les mauvaises herbes. Au centre se trouvait un pavillon d'été en bois dont la porte ouverte était accessible grâce à un chemin taillé dans les hautes herbes. Suspendue au plafond, une vieille lampe à huile allumée. Sur une table en céramique, scotch, glace, eau gazeuse et deux verres.

« Sauf gros problème, nous en aurons au maximum pour deux heures, annonça Proctor en leur servant un whisky chacun. Ensuite, on vous ramènera en ville. Le sujet de notre discussion, vous l'aurez deviné, est Edward Avon. Classification officielle : top secret et au-delà. Donc, première chose, signez là si vous êtes d'accord, et ensuite vous gardez le silence pour toujours, ordonna-t-il en lui tendant un formulaire et un stylo-bille sorti de la poche de son costume.

– Et si je ne suis pas d'accord ?

– La cabane tombe sur le chien. On vous fait arrêter pour suspicion d'intelligence avec les ennemis de la reine et on produit comme preuve l'ordinateur du sous-sol. Vous vous êtes liés, vous avez conspiré, vous avez comploté, vous avez utilisé la bibliothèque de classiques comme couverture. Ils arrêteront sans doute aussi ce pauvre Matthew pour complicité. Mieux vaut signer. Nous avons besoin de vous. »

Julian prit le stylo et parapha le formulaire sans le lire en haussant les épaules.

« Vous avez l'air moins étonné que vous ne devriez l'être, remarqua Proctor en reprenant son stylo et en pliant la feuille avant de la ranger dans sa poche. Vous aviez des soupçons ?

– À quel sujet ?

– Edward et vous avez-vous jamais discuté de précieuses porcelaines chinoises ?

– Non.

– Il y en avait toute une collection à Silverview.

– J'ai cru comprendre, oui.

– Si je vous disais Amsterdam Bont, vous ne sauriez pas de quoi je parle ?

– Pas du tout.

– Capucin ?

– Pas plus.

– Imari ? Kendi ? Kraak ? Non, visiblement. Alors, seriez-vous surpris d'apprendre que ces termes et d'autres du même genre ont été expédiés en masse depuis votre ordinateur avant d'être effacés deux fois ?

– Oui.

– En revanche, vous ne seriez pas surpris d'apprendre que votre République de la Littérature et Celia Brocante ont en commun de la précieuse porcelaine chinoise ?

– Plus maintenant, non, répondit Julian, impassible.

– Tentons la motivation positive. Cela aiderait-il si je vous disais qu'à titre personnel, je me soucie moi aussi de sa fille Lily, qui, nous le savons tous les deux, n'a rien à se reprocher ?

– Poursuivez.

– En plus de fournir à Edward Avon un abri, un ordinateur et une histoire de couverture, lui avez-vous jamais rendu un service ? Auriez-vous par exemple fait une course pour lui, sur laquelle vous vous interrogez avec le recul, maintenant que vous avez une vision d'ensemble ?

– Pourquoi aurais-je fait cela ?

– C'est une autre question. Nous avons fouillé votre appartement, bien sûr, pendant que vous étiez sorti faire votre jogging matinal, et nous sommes tombés là-dessus, annonça-t-il en tendant à Julian un fac-similé photographique de son agenda. Si vous allez au 18 avril, vous verrez que vous avez noté le numéro de plaque d'un taxi londonien. Vous y êtes ? »

Oui.

« Sur la même page, il y a un horaire de train. Ipswich à LS, 8 h 10. LS pour Liverpool Street, je suppose. Étiez-vous à Londres ce jour-là ?

– Je devais l'être, visiblement.

– Pas "devais". Je pense que vous vous êtes proposé par bonté de cœur. Le taxi dont vous avez noté le numéro (nous allons venir à la question du pourquoi dans un instant) a chargé une passagère à l'adresse d'un client régulier dans le West End, l'a déposée à Belsize Park et l'a attendue vingt-sept minutes avant de la ramener. Pour votre information, la course a été facturée à la Ligue des États arabes, domiciliée à Green Street. Total : soixante-quatorze livres, incluant le temps d'attente et le pourboire. Qui était cette femme ?

– Je n'en sais rien.

– Où l'avez-vous rencontrée ?

– Au cinéma Everyman, à Belsize Park.

– Le chauffeur le confirme. Et de là ?

– Le café d'à côté. Une brasserie.

– Également confirmé. Cette rencontre se faisait à la demande d'Edward, si j'ai bien compris ? »

Hochement de tête.

« Aviez-vous des affaires à régler pour vous, ce jour-là ?
– Non.
– Donc vous faites le voyage exprès à la demande d'Edward. Un acte de charité au pied levé. C'est bien cela ?
– Il me l'a demandé un jour, j'y suis allé le lendemain.
– Parce que c'était si pressant, si urgent pour lui ?
– Oui.
– Pourquoi ? Il vous l'a dit ?
– C'était urgent. Il la connaissait depuis longtemps. Elle comptait beaucoup dans sa vie. C'était important pour lui. Sa femme était mourante. Et lui, il m'était sympathique. Il l'est toujours, d'ailleurs.
– Mais aucune indication sur le rôle qu'elle joue, ou qu'elle a joué, dans sa vie ?
– Il était fou d'elle. C'est ce qu'il m'a laissé entendre.
– Son nom ?
– Elle ne me l'a pas fourni. Mary, par commodité. »
Proctor n'eut pas l'air surpris.
« Et la raison d'une telle urgence ?
– Je ne l'ai pas demandée, il ne me l'a pas donnée.
– Et le contenu de la lettre ? Son but ? Son message ?
– Pareil.
– Et vous n'avez pas été tenté de la lire, à un moment ? Non ? Bien. »
Pourquoi « bien » ? L'honneur des boy-scouts ? Sans doute, vu l'allure du bonhomme.
« Mais votre Mary, elle, a lu la lettre devant vous, selon la serveuse à laquelle vous avez laissé un si généreux pour-boire.
– Elle oui, moi non.
– Était-ce une longue lettre ?
– Qu'en dit la serveuse ?
– Qu'en dites-vous, vous ?

– Six pages de l'écriture d'Edward. Plus ou moins.

– Vous avez couru lui acheter du papier à lettres et du Scotch, que vous avez posés devant elle, et après ?

– Et après elle a écrit une réponse.

– Que vous n'avez pas lue non plus, je suppose. Adressée à Edward.

– Elle ne l'a pas adressée. Elle m'a juste donné l'enveloppe vierge et m'a dit de la lui remettre.

– Alors pourquoi avez-vous noté le numéro de son taxi ?

– Une impulsion. Elle était imposante. Spéciale, par certains côtés. Je voulais sans doute en savoir plus sur elle.

– Si vous regardez la page de gauche dans votre agenda, celle du 17 avril, vous verrez que vous vous êtes écrit une note, je soupçonne sur le trajet du retour à Ipswich. Vous l'avez ? »

Il l'avait sous les yeux.

« Votre note dit : "Je vais bien, je suis sereine, je suis en paix." Ce sont les mots de qui ?

– De Mary.

– Des mots qu'elle vous a dits ?

– Oui.

– À son sujet, sans doute.

– Sans doute.

– Que deviez-vous en faire ?

– Les transmettre à Edward pour lui remonter le moral. Et en effet ça a marché. Il a adoré. Je lui ai dit qu'elle était magnifique. Il a adoré aussi. Et elle l'était, ajouta-t-il, perdu dans ses pensées.

– Magnifique comme ça ? » demanda Proctor.

Il sortit un album photo de sous sa chaise, l'ouvrit et le poussa vers Julian sur la table en céramique. Une femme blonde à longues jambes vêtue d'un manteau en léopard descendait d'une limousine.

« Encore plus, dit-il en lui rendant l'album.

– Alors comme ça ? » insista Proctor en lui en montrant une autre.

Mary quelques années plus tôt. Mary avec un keffieh noir et blanc autour du cou. Mary devant un pupitre en plein air, en train de s'adresser à un public d'Arabes. Mary heureuse, le poing levé. La foule en liesse. Les drapeaux de nombreuses nations. Le drapeau palestinien le plus visible.

« Il a dit qu'elle était en sécurité, annonça Julian.

– Quand vous a-t-il dit cela ?

– Il y a deux jours. Lors d'une promenade à Orford, où il aime bien aller. »

Nouveau silence.

« Qu'allez-vous dire à Lily ? demanda Proctor.

– Sur quoi ?

– Sur ce dont nous venons de parler, sur ce que vous avez vu, sur ce qu'est son père, ou plutôt ce qu'il était.

– Je viens de vous céder ma vie par contrat, non ? Pourquoi je devrais lui dire quoi que ce soit ?

– Vous le ferez. Alors qu'allez-vous lui dire ? »

Julian se posait la même question depuis quelque temps.

« Je crois que, d'une manière ou d'une autre, Edward lui a plus ou moins déjà dit », finit-il par répondre.

*

Julian ne se rappelait plus avoir donné à Lily une clé de la librairie, à laquelle était attachée une clé de son appartement. Il lui fallut donc un moment, lorsqu'il alluma la lumière, pour se convaincre qu'elle était bel et bien allongée nue sur son lit, qu'elle n'était pas un rêve et qu'elle lui tendait les bras comme une femme en train de se noyer alors que les larmes ruisselaient sur ses joues.

« Je me suis dit qu'il était temps de faire preuve d'un peu de respect envers les vivants », lui confia-t-elle plus tard dans la soirée.

12

« Alors, ils t'ont enfin fait monter à l'arrière d'une Jag du Service, lança Battenby d'une voix neutre, un œil sur Proctor et un autre sur un écran d'ordinateur que celui-ci ne pouvait pas voir. Ça doit être une première.

– J'ai eu la peur de ma vie, avoua Proctor. Du 170 sur l'A12, rien de moins. Pas ma tasse de thé.

– Les enfants vont bien ?

– Très bien, Quentin, merci. Et chez toi ?

– Oui, tout va pour le mieux, répondit Battenby en tapotant sur son clavier. Ah, Teresa est dans l'ascenseur. Elle a tâté le terrain.

– Ah, parfait. »

Tâté quel terrain ? Teresa, la redoutable directrice du Service juridique, notoirement connue pour refuser tout compromis, en chemin pour le dernier étage, prête pour la bataille.

Battenby était installé derrière son bureau vide, Proctor dans un fauteuil en cuir noir qui couinait quand on s'asseyait dessus. Les murs étaient joliment lambrissés de loupe d'orme qualité directeur haut gradé. Dans la faible lumière, les nœuds noirs ressemblaient à des impacts de balles.

Quentin Battenby dans toute la splendeur de l'âge mûr, inchangé depuis que Proctor le connaissait. Cheveux blonds coiffés à l'embusqué qui commençaient enfin à grisonner. Une tête de star du cinéma qui n'en joue pas. Costumes de bonne qualité, n'enlève jamais son veston, ne l'a pas ôté aujourd'hui. N'a jamais été pris à hausser le ton. A pour moitié (ou est la moitié de) une femme présentable qui connaît le nom de tout le monde pendant les soirées du Service et qu'on ne voit jamais en dehors. Garçonnière de l'autre côté du fleuve. Maison à St. Albans où sa famille et lui vivent sous un autre nom. Apolitique, mais pressenti pour être le prochain chef à condition qu'il place correctement ses pions et que les conservateurs gagnent la prochaine élection. Pas d'amis proches au sein du Service, donc pas d'ennemis proches non plus. Impeccable dans toutes les commissions. Les évaluateurs du Parlement lui mangent dans la main.

Telle était la totalité de ce qui se savait sur lui et Proctor n'avait guère plus de détails alors qu'il travaillait avec lui depuis vingt-cinq ans. L'ascension de Battenby jusqu'aux hautes sphères le mystifiait depuis le jour où il l'avait rencontré. Ils étaient du même âge, même année, même promotion. Ils avaient suivi la même formation, coopéré sur les mêmes opérations, brigué les mêmes postes et les mêmes avancements, jusqu'à ce que, mystérieusement, Battenby lui passe devant en douceur, petit à petit, sans effort, et plus récemment à pas de géant, si bien qu'aujourd'hui, alors que Proctor s'échinait à la sécurité intérieure en attendant d'être bientôt mis à la retraite, Battenby, avec sa voix monocorde et ses belles mains manucurées toutes proprettes, avait le trône en ligne de mire – notamment parce que Proctor avait passé son temps à assurer le vrai boulot, à en croire les rumeurs.

« Stewart, tu veux bien ? »

Proctor s'exécuta et ouvrit la porte. Entra d'un pas large la grande et redoutable Teresa, dans son tailleur noir de cadre sup, portant un dossier ocre à la couverture barrée d'une grande croix verte, le symbole le plus puissant dans le Service pour signifier « bas les pattes ».

« Nous sommes au complet, Quentin ? dit-elle d'un ton menaçant en s'asseyant sans qu'on l'y invite dans l'autre fauteuil et en remontant sa jupe noire jusqu'à pouvoir confortablement croiser les jambes.

– Oui, répondit Battenby.

– Eh ben, tant mieux. Et j'espère que vous n'êtes pas en train d'enregistrer cette conversation ou autre coup fourré ? Personne ne nous écoute ?

– Non.

– Et les concierges n'ont rien laissé de branché par erreur ? Parce qu'on ne sait jamais, ici.

– J'ai vérifié. Nous ne sommes même pas là. Stewart, prêt pour nous faire un point sur la situation ?

– Il y a intérêt, Stewart, parce que je peux vous dire que les loups sont à nos portes et que je dois leur faire un rapport avant le chant du coq. Comment va l'exquise Ellen ? Elle vous mène par le bout du nez, j'espère ?

– En pleine forme, merci.

– Heureusement qu'il y en a, des gens en pleine forme, commenta-t-elle en étendant son long bras pour lâcher le dossier à croix verte sur le bureau de Battenby. Parce que nous, on va devoir se coltiner un énorme merdier sans précédent. »

*

Dans des circonstances moins tendues, Proctor aurait commencé par un portrait d'Edward Avon tel qu'il avait appris à le connaître au fil des dernières semaines : simpliste, naïf à l'excès, torturé de naissance, buté à l'occasion et débordant de fougue idéaliste, mais profondément loyal en tant qu'honorable correspondant en toute circonstance, ayant combattu pour nous durant la guerre froide, puis enchaîné sur la crise en Bosnie avec les meilleures intentions du monde jusqu'à ce qu'un épisode cauchemardesque lui fasse prendre le mauvais chemin. Mais ce n'était ni le bon public ni le bon moment pour un appel à la clémence. Seuls les faits pourraient jouer en sa faveur. Proctor décida donc de choisir cette option.

« Je ne sais pas si tu as vu passer les propositions extrêmes que faisait l'équipe de Deborah dans la période ayant précédé la seconde guerre d'Irak, Quentin.

– Pourquoi me dis-tu cela ? demanda Battenby, ce qui déstabilisa Proctor.

– Parce qu'elles étaient assez délirantes, voilà tout. Basées sur d'excellents renseignements, mais animées par une vision politique plutôt que par le sens des réalités. Bombardement simultané des capitales de pays musulmans, don de la bande de Gaza et du Sud-Liban à Israël, programme d'assassinats ciblés de chefs d'État, énormes armées secrètes de mercenaires internationaux sous pavillon d'emprunt semant le chaos dans toute la région au nom d'individus que nous n'aimions pas...

– Des illuminés complets, oui, ça on le sait tous, l'interrompit Teresa d'un ton impatient. Stewart, ce qui compte, c'est que, au moment précis où ces dangereux délires circulaient dans les recoins les plus sombres du pouvoir, Deborah Avon est venue vous raconter en semi-confidence, quoi que cela puisse vouloir dire, qu'elle avait surpris son époux bien-aimé en train de farfouiller dans sa pièce sécurisée pour trouver quelque chose à se mettre sous la dent.

Et vous, vous l'avez expédiée et vous avez mis une note édulcorée dans son dossier disant qu'elle avait des problèmes de santé et qu'elle travaillait trop et qu'elle voyait des rouges sous son lit. S'il y a une enquête publique, il va falloir arriver à le justifier, ça. »

Proctor s'attendait à cette remarque et avait donc préparé sa riposte.

« Florian et Deborah s'étaient disputés à ce sujet, Teresa. Ils se contredisaient. Deborah était épuisée, comme je l'ai écrit, et Florian avait bu toute la journée...

– Ce que vous avez omis d'écrire.

– Il n'y avait eu aucune autre indication d'aucune autre source du fait qu'il espionnait sa femme ou quiconque d'autre. En tant que chef de la sécurité intérieure, je ne me voyais pas jouer les arbitres dans une dispute conjugale.

– Et il ne vous a pas traversé l'esprit de vous demander pourquoi Florian se bourrait la gueule en pleine guerre d'Irak ? Et aujourd'hui, avec le recul, vous ne vous dites pas : c'est là qu'il est passé de l'autre côté ?

– Non », répondit Proctor en guise de réponse unique aux deux questions.

De sa voix plate, Battenby demanda comment les gars des interceptions au GCHQ (agence faisant l'objet d'un soupçon permanent dans le Service) avaient pu passer totalement à côté.

« Et sur une période de dix ans sinon plus ! s'offusqua-t-il. En toute objectivité, il me semble que ce sont eux, les premiers responsables d'un point de vue juridique, si les choses en arrivaient là, vous ne croyez pas, Teresa ? Et je dis cela en dehors de toute rivalité interservices, puisque nous sommes tous d'accord que tout cela est du passé.

– J'ai parlé à leur grand sachem ce matin, il se défausse. C'était notre dossier, ils n'ont reçu aucun mémo de notre part, aucun contexte, aucune raison de flairer un loup. C'est le bon vieil argument de "C'est quoi, les oranges ?" Une tonne d'oranges pour un terroriste, cela peut vouloir dire une tonne de grenades, mais pour un épicier c'est une tonne d'oranges. Même chose pour la porcelaine chinoise bleu et blanc. Il s'agissait de banales communications commerciales entre négociants. Ce n'était pas les affaires du GCHQ, du moins jusqu'à la semaine dernière, de savoir qui d'autre écoutait ces échanges ni quelles pouvaient bien être les affiliations ethniques et politiques de tel ou tel négociant. Et ce n'est là que leur argument numéro 1, enchaîna-t-elle en ignorant la main levée de Battenby. Jamais le GCHQ ne se limite à un seul quand ils en ont deux dans leur manche. Argument numéro 2, donc : les mots codes utilisés et autres techniques de dissimulation également primitives étaient tellement basiques qu'un gamin de neuf ans aurait pu les craquer au premier coup d'œil. Alors, je lui ai répondu, eh ben filez-nous plus de gamins de neuf ans, dans ce cas. De toute façon, la moitié de vos agents ne sont pas beaucoup plus vieux que ça. Fin de la conversation.

– Stewart, avons-nous fourni au GCHQ un motif explicite pour notre enquête ? demanda Battenby avec des pincettes. Quand nous leur avons donné nos instructions, avons-nous laissé entendre d'une manière ou d'une autre que cette affaire pourrait représenter un souci de sécurité intérieure pour notre Service ? Pourraient-ils avoir eu vent de cela, à tout hasard ?

– Absolument pas, répondit Proctor avec assurance. Nous leur avons donné des indications très larges portant sur toute la ville et la porcelaine bleu et blanc, rien de plus. Pas de détails, pas d'explication. Et c'est bien ça qui les fait râler. Nous avons aussi inclus les appels téléphoniques insolites passés depuis des commerces ou des résidences privées, parce que Florian utilise souvent le téléphone de tierces personnes. Il paie toujours ses communications, bien sûr, donc tout le monde est content. Sur le front de mer, il y a une gargote gérée par une Polonaise. En un mois, dix-huit appels à Gaza y ont été passés pour un total de quatre-vingt-quatorze minutes.

– À qui précisément ? demanda Battenby en vérifiant quelque chose sur son ordinateur.

– Essentiellement à un militant pacifiste du nom de Felix Bankstead, le concubin de l'ancienne partenaire de Florian, Ania, répondit Proctor, saisissant cette occasion de minimiser les autres transgressions de Florian. Depuis la Bosnie, Florian et Bankstead sont devenus de plus en plus proches. Bankstead est l'éditeur de *Felicitas*, un réseau de newsletters sur abonnement au Moyen-Orient. Florian a écrit des articles pour lui pendant des années sous divers pseudonymes. Du contenu polémique, évidemment. Bankstead lui sert d'éditeur et de coupe-circuit.

– Ah ben ça va bien faire marrer le tribunal, ça aussi ! s'exclama Teresa, moyennement impressionnée. On s'abonne pour cinquante livres par an et on peut lire les toutes dernières infos des maîtres espions britanniques. Enfin, non, j'imagine qu'il aura réservé ses meilleures pépites à Salma. C'est elle qui avait le premier choix, non, Stewart ?

– Et d'ailleurs, pour en faire quoi au juste, d'après toi, Stewart ? ajouta Battenby.

– Elle les distribuait là où elle les pensait utiles, peut-on supposer, répondit Proctor, sur la défensive. À qui, comment, nous ne le savons pas encore, mais pour faire avancer la cause de la paix, à l'évidence, même si la manœuvre peut nous sembler malavisée. Et puis, il ne faudrait quand même pas oublier que tu nous as donné pour instruction très stricte de ne pas explorer l'étendue des dégâts, Quentin, rappela-t-il en recouvrant de sa combativité. Tu as estimé qu'à la seconde où on lancerait les analystes du Foreign Office sur cette piste, quelle que soit la couverture qu'on leur aurait vendue, le fond de l'affaire serait révélé. Alors que là, pour autant qu'on le sache, ce n'est pas encore le cas.

– *Inch Allah !* murmura dévotement Teresa.

– C'est toi qui as décidé de la jouer comme ça, Quentin.

– Comment définirais-tu la tonalité générale des multiples contributions anonymes de Florian à *Felicitas* et son réseau de publications, en gros ? demanda Battenby de sa voix la plus neutre et la plus spéculative en ayant décidé de ne pas relever la remarque de Proctor.

– Oh, du classique, monsieur le chef adjoint. L'Amérique déterminée à régir le Moyen-Orient quel qu'en soit le prix, sa tendance à déclencher une guerre chaque fois qu'elle a besoin de gérer les répercussions de la précédente, l'OTAN comme relique de la guerre froide qui fait plus de mal que de bien, et la pauvre Grande-Bretagne qui la suit comme un toutou sans crocs ni maître parce qu'elle rêve encore de grandeur faute de se trouver un autre rêve, énonça Proctor avant de laisser s'installer un silence que Teresa finit par interrompre, ayant visiblement besoin d'une diversion caustique.

– Stewart vous a dit ce que ce saligaud a eu le culot d'écrire sur notre Service dans un de ses torchons ?

– Je ne crois pas, non, répondit Battenby d'un ton méfiant.

– Selon Florian, sous le pseudo de John Smith ou un autre, tout le désastre en Irak est dû aux vaillants services secrets britanniques. Pourquoi ? Parce que ses deux espions les plus renommés de tous les temps, T. E. Lawrence et Gertrude Bell, ont tracé les frontières du pays avec une règle et un crayon en une après-midi. Et il a osé raconter à ses lecteurs que c'est notre Service qui avait usé de toute sa force de persuasion pour convaincre une CIA ivre de pouvoir de dégommer le meilleur dirigeant que l'Iran avait jamais eu et ainsi précipité cette désastreuse révolution. »

Si cette saillie était censée détendre l'atmosphère, Proctor jugea qu'elle avait produit l'effet inverse sur Battenby, plongé dans ce qui pouvait passer pour une profonde méditation, son regard bleu limpide tourné vers la fenêtre occultée pour y trouver l'inspiration et les doigts d'une de ses mains manucurées occupés à triturer sa lèvre inférieure.

« Il aurait dû venir nous voir, finit-il par dire. Nous l'aurions écouté. Nous aurions été là pour lui.

– Qui ça, Florian ? fit Teresa, incrédule. Et il nous aurait demandé de faire changer la politique américaine ? Et puis quoi, encore ?

– C'est une affaire ancienne, qui ne se reproduira jamais et qui n'a pas fait de dégâts avérés, déclara Battenby à la fenêtre. Vous le leur avez dit ?

– Je le leur ai dit et répété. Quant à savoir s'ils y croient, c'est une autre affaire. »

Proctor avait décidé de faire profil bas. Florian avait-il livré les projets du Service ou ses échecs ? Ses sources, ou le fait que certains de ses membres avaient jeté aux orties une longue tradition de conseils avisés pour s'embarquer dans une folle escapade à travers les forêts sauvages du fantasme colonial ?

Battenby chercha des raisons de considérer toute cette affaire comme nulle et non avenue :

« On peut s'en désolidariser. Il n'est pas complètement anglais. On peut jouer là-dessus. Il n'a jamais été un agent titulaire de ce Service, juste un employé temporaire au mieux. Une brebis galeuse.

– Non mais putain, Quentin ! s'indigna Teresa. Vous avez lu la nécro de Deborah dans le *Times* de jeudi ? Je cite : "Depuis vingt-cinq ans, Debbie, comme la surnommaient ses collègues admiratifs, était l'un des meilleurs officiers de renseignement du Royaume-Uni. Espérons qu'un jour, toute l'histoire de sa contribution à la grandeur de notre nation pourra être racontée." Florian était son mari, OK ? Vous croyez sérieusement que si on le fait arrêter vingt-quatre heures après les funérailles de sa femme, la presse ne va rien remarquer ? »

Est-ce vraiment ce que Battenby croit ? se demanda Proctor. Est-ce qu'il croit quelque chose ? Et où est-ce qu'il se situe, dans toute cette histoire ? Quelque part ? Ou bien entre deux chaises, en attendant de voir quel camp va l'emporter ?

« Donc pour le bien du Service tout entier, nous devons à présent nous employer à limiter les dégâts », déclara Battenby à la fenêtre, comme si l'expression « tout entier » suffisait à le dédouaner.

Il n'avait pas forcé sa voix, mais elle n'était plus aussi plate. Proctor eut l'impression qu'il la travaillait pour une future déclaration devant une commission. Peu à peu, l'emphase commença à tomber au bon endroit.

« Nous allons devoir nous montrer intraitables avec lui. Nous parlons d'aveux complets et définitifs couvrant tous les aspects de sa trahison. D'aveux qui prendront plusieurs semaines ou plusieurs mois si nécessaire et qui ne seront communiqués qu'à un cercle très restreint. À l'attention exclusive des ministres. Les moindres renseignements qu'il a fournis à cette femme depuis le premier jour. Ce qu'elle en a fait, d'après ce qu'il en sait, et à quelle fin. Sans cela, aucune possibilité de conclure un marché. Aucune. Nos conditions devront être inflexibles,

draconiennes et non négociables, ajouta-t-il comme s'il rechignait à employer ces mots.
– Mais les leurs le sont aussi ! explosa Teresa. À Whitehall, ils sont fous de rage, au cas où vous ne le sauriez pas. Pas question qu'ils acceptent de raconter des bobards le matin pour se faire prendre en flagrant délit de mensonge le soir. Nous, le Service, pouvons-nous leur garantir qu'ils ne liront pas *Les Aventures de Florian, tome 1* dans le *Guardian* demain ? Si on met la pression sur Florian, est-ce qu'il va se coucher ? Parce que, dans l'état actuel du dossier, ce n'est pas gagné, si vous voulez l'opinion des juristes. Et si vous voulez la mienne, voilà le mieux que j'ai pu obtenir, dit-elle en ouvrant son dossier ocre pour en sortir un document officiel avec un bout de ruban vert accroché dessus. Je le leur ai arraché de force il y a trois heures, et ils n'en modifieront pas la moindre virgule. Si Florian ne signe pas, on va droit dans le mur. »

Une heure plus tard. Si Proctor pensait que la coupe était pleine, d'autres bonnes nouvelles l'attendaient à l'entrée principale, où il récupéra son portable auprès des vigiles. Il y découvrit un SMS d'Ellen envoyé deux heures plus tôt. Elle était à bord d'un vol pour Heathrow. Les fouilles n'avaient pas rempli toutes leurs promesses, apparemment.

13

Proctor partit de Londres à 9 heures au volant d'une Ford du Service, prudent comme toujours dans la circulation très dense, vêtu d'un costume un peu plus habillé que d'ordinaire. Dans la poche intérieure était rangé le long document sur papier vélin dont il croyait fermement qu'il épargnerait à Edward la fureur qui menaçait de s'abattre sur lui. En son for intérieur, il l'appelait sa carte « sortie de prison ». Tout reposait maintenant sur le fait de l'apporter à Edward et de lui permettre de le lire, d'y réfléchir et de le signer.

Une heure plus tôt, avant de quitter Dolphin Square, il avait téléphoné à Silverview sans obtenir de réponse. Il avait aussitôt appelé Billy, chef aguerri de la section surveillance intérieure du Service qui, depuis l'arrivée de la lettre de Deborah, couvrait constamment Florian sur le terrain. Pour raisons de sécurité, Billy avait sagement présenté l'opération à son équipe comme un entraînement et la cible comme un ancien membre de la Direction qui les noterait sur leur performance.

Non, lui apprit Billy, Florian n'était pas sorti de la maison, donc c'est sans doute qu'il ne répondait pas au téléphone.

« Honnêtement, Stewart, je pense qu'il s'est coupé du monde. Moi c'est ce que je ferais. On l'a suivi jusque chez lui hier après les funérailles. Lily est restée jusqu'à 23 h 10, après quoi elle est allée au magasin de son amoureux. Florian a erré un peu dans la maison, on voyait sa silhouette aux fenêtres. À 3 heures du matin, il a éteint dans sa chambre.

– Et l'équipe, Billy ? Ils restent discrets ?

– Je peux te dire que je n'ai jamais été aussi fier d'eux qu'aujourd'hui, Stewart. »

Proctor s'était demandé s'il devait envoyer Billy ou l'un de ses guetteurs réveiller Edward, mais avait décidé que non. À 8 h 30, il avait appelé la librairie depuis la voiture. Julian lui avait répondu aimablement. Lily était-elle dans les parages, par hasard ?

Non, Lily n'était pas là. Elle était allée en voiture chez tante Sophie, à Thorpeness, pour récupérer Sam puis déposer Sophie à Silverview. Julian pouvait-il faire quoi que ce soit pour lui ?

Cette nouvelle soulagea secrètement Proctor, qui n'avait toujours pas réussi à se défaire de sa culpabilité depuis sa rencontre avec Lily dans la maison sûre.

Proctor eut une idée. Il tenait à ce qu'Edward puisse voir au plus vite le document par lequel il allait signer sa sentence à vie. Alors oui, justement, maintenant qu'il y pensait, il y avait quelque chose que Julian pouvait faire pour lui : avait-il une imprimante ?

« Pour quoi faire ? demanda Julian moins aimablement.

– Pour votre ordinateur, évidemment.

– Vous me les avez volés, vous vous rappelez ?

– Bon, et un fax, vous avez ? insista Proctor en se maudissant de sa stupidité.

– Oui, nous avons un fax, Stewart. Dans la réserve.

– Qui s'en occupe ?

– Je sais l'utiliser, si c'est ça que vous voulez dire.

– Oui, c'est ça. Vous pouvez écarter Matthew le temps que vous restiez près du fax ?

– C'est possible, oui.

– Et Lily aussi ? »

Silence assourdissant.

« Julian, je ne veux pas qu'elle s'inquiète. Elle a bien assez de soucis comme ça. Je dois transmettre un document urgent à son père et à lui seul. Un document qu'il doit signer. Très positif et constructif, au vu des circonstances, mais il va falloir l'en convaincre. Vous me suivez ?

– Jusqu'à un certain point.

– Je vais vous l'envoyer par fax. Ensuite, vous le mettrez sous enveloppe, vous l'apporterez direct à Edward et vous lui direz que Stewart Proctor lui adresse ce message : "Lisez ce document de près. Je suis en chemin. Où et quand voulez-vous que nous nous retrouvions pour régler cette question ensemble ?" Après, vous me rappelez à ce numéro et vous me donnez une réponse en deux mots : l'heure et le lieu. »

Il se surprit à s'adresser ainsi à Julian comme à une jeune recrue du Service, mais ce garçon était fait pour ce métier, il le savait depuis longtemps.

« Et pourquoi vous ne l'envoyez pas par mail à Silverview ? objecta Julian.

– Parce que par principe, Edward n'a pas d'ordinateur personnel, Julian, comme vous le savez très bien.

– Et vous avez volé celui de Deborah, je suppose ?

– Récupéré. Ce n'était pas sa propriété. Et Edward ne répond pas au téléphone, comme vous le savez sûrement aussi. Donc à vous de jouer. Donnez-moi votre numéro de fax. »

Proctor ne prit pas ombrage outre mesure quand Julian se rebella un peu.

« Vous imaginez un seul instant que je ne vais pas lire ce document ?

– Au contraire, Julian, je pars du principe que vous allez le lire, et cela ne me dérange pas plus que cela, répondit-il d'un ton détaché. Mais bon, ne le laissez pas traîner partout, sinon vous irez en prison pour très longtemps. Vous aussi, vous avez signé un document. Quel est le numéro du fax ? »

Proctor appela ensuite Antonia, lui donna le numéro du fax de Julian et lui ordonna par sécurité de vérifier qu'il était bien enregistré sous le nom de Aux Bons Livres de Lawndsley. Si oui, elle devait immédiatement envoyer un exemplaire de la carte « sortie de prison » à ce numéro.

Antonia renâcla. Il lui fallait une signature.

« Alors demandez à Teresa, mais bougez-vous », lâcha Proctor.

Même Proctor fut impressionné par la nature triviale de ces échanges au vu de l'échelle des problèmes à régler, mais il était depuis assez longtemps dans ce métier pour savoir que les événements importants se jouent bien souvent sur de petites scènes.

Le temps qu'il récupère l'A12 à 10 h 25, Julian l'avait déjà appelé avec la réponse d'Edward : Il fallait que Proctor vienne seul. Silverview n'étant pas le lieu pour une conversation discrète, Edward proposait Orford. S'il faisait beau, il l'attendrait sur le quai à 15 heures. Sinon au Café de l'Épave, à une vingtaine de mètres.

« Comment l'a-t-il pris ? demanda Proctor, soucieux.

– Plutôt bien, apparemment.

– Apparemment ? Vous ne l'avez pas vu ?

– C'est Sophie qui m'a ouvert. Edward était en haut dans son bain. Il a passé une mauvaise nuit, à ce qu'elle m'a dit. Je lui ai donné l'enveloppe, elle la lui a montée et au bout d'un moment elle est redescendue avec sa réponse.

– Au bout d'un moment long comment ?

– Dix minutes. Le temps qu'il lise le document deux fois.

– Et vous, il vous a fallu combien de temps pour le lire ? lança-t-il par plaisanterie.

– Si étonnant que cela puisse paraître, je ne l'ai pas lu. »

Proctor le crut. Il aurait préféré que Julian remette l'enveloppe en mains propres mais, Sophie ayant été dans une autre vie l'un des fidèles agents d'Edward, il n'aurait pu souhaiter intermédiaire plus fiable. Et il se réjouissait qu'elle se trouve à Silverview à ce stade critique de l'affaire. Si Edward subissait du stress, ce qui devait forcément être le cas, elle exercerait sur lui une influence rassurante.

Il s'arrêta sur une aire de repos, saisit le code postal d'Orford sur son GPS, regarda la carte qui s'affichait, puis téléphona à la Direction pour informer Battenby du rendez-vous. En son absence, il transmit le message à son assistant. Tâche suivante : informer Billy des nouvelles dispositions. L'équipe devait maintenir sa surveillance de la maison jusqu'à ce qu'Edward en sorte, puis laisser un seul guetteur sur place en attendant son retour et aller couvrir les approches d'Orford, la place du village et les sorties adjacentes.

« Mais j'aurai besoin d'espace, Billy, s'il te plaît. Il prend une décision cruciale pour sa vie. Donc pas de gens qui traînent sur le quai pour acheter des glaces, il connaît toutes les ficelles. Je veux qu'il sache qu'on lui laisse de l'air. »

En d'autres termes, il voulait Edward pour lui tout seul. Il était à présent midi. Le temps s'annonçait beau. Dans trois heures, Edward l'attendrait sur le quai. Plus il pensait à leur prochaine rencontre, plus il s'en régalait. Dans cette opération, Edward était son trophée. Il l'avait traqué, débusqué et comptait maintenant obtenir de lui tous les détails : dégâts, sources de deuxième main s'il y en avait, *modus operandi*, sympathisants connus ou supposés au sein du Service – enfin, en théorie seulement, car Edward travaillait toujours en solo. Et objectif numéro 1, son analyse du réseau des utilisateurs finaux de Salma, l'identité des personnes qui la briefaient et la débriefaient, le cas échéant, et son réseau, si elle en avait un.

Et quand ils en auraient vu le bout, il lui demanderait franchement, d'homme à homme : Qui êtes-vous, Edward, vous qui avez été et avez prétendu être tant d'hommes différents ? Qui découvrons-nous quand nous avons retiré toutes les couches de déguisement ? Ou bien n'avez-vous jamais été que la somme de tous ces déguisements ? Et si tel est le cas, comment avez-vous pu supporter année après année un mariage sans amour au nom d'un amour plus fort, à en croire Ania, tout en sachant qu'il ne se concrétiserait sans doute jamais ?

Bien sûr, il s'agissait là de questions de débutant. En les posant, Proctor risquait par mégarde de se révéler un peu trop, ne serait-ce que par son degré de curiosité. Mais la traque était terminée, alors qu'avait-il à y perdre ? L'idée même d'une passion dévorante le laissait perplexe, a fortiori lorsqu'on permettait à cette passion de régir sa vie. L'engagement absolu de quelque sorte qu'il soit constituait pour son esprit entraîné une grave menace à la sécurité. Toute l'éthique du Service s'y opposait totalement, voire activement, sauf quand il s'agissait d'exploiter l'engagement absolu d'un agent dont on était l'officier traitant.

Mais Edward était une créature différente de toutes celles qu'il avait pu croiser, il fallait le reconnaître d'emblée. Un esprit porté sur la métaphysique, ce qui n'était pas vraiment le cas de Proctor, aurait pu arguer qu'Edward était la réalité et Proctor un simple concept, puisque Edward avait enduré tant d'enfers dans la vie alors que Proctor n'en avait vu que quelques-uns de loin.

Il se demandait comment cela pouvait bien être de se forger dans ce creuset de culpabilité et de honte. De savoir que même si on y consacre sa vie, on n'arrivera jamais à effacer cette souillure. De s'investir tout entier chaque fois pour finalement voir tout s'effondrer, que ce soit en Pologne ou, littéralement et de façon encore plus cruciale, en Bosnie.

Il se rappela le premier rapport de Barnie depuis Paris sur Florian, « jeune agent potentiel en phase d'approche » plus prometteur que tous les précédents, avec ses références à son « passé polonais bien caché », comme si ce passé polonais était le sien et non celui de son père, quelque chose qu'il avait hérité de naissance et qui avait été caché aux yeux de tous sauf les siens. Et en conclusion de ce paragraphe enthousiaste, l'avis que ce passé caché était « le moteur qui poussera Florian à travailler pour nous contre la cible communiste en toute capacité que nous lui indiquerons ».

Ce moteur l'avait en effet poussé, jusqu'à ce qu'il soit remplacé par un moteur encore plus puissant : Salma, veuve tragique, mère privée de son fils, militante pacifiste laïque et amour à jamais inaccessible.

Intellectuellement, Proctor le comprenait. Et lors de leurs discussions sur tous ces sujets, il éviterait soigneusement de dire que, selon tous les critères objectifs, Edward avait trahi les secrets de son pays en espionnant son épouse, crime qui valait bien vingt ans au bas mot.

Edward aimait-il encore le Service, malgré ses nombreuses tares ? Il lui poserait la question. Et sans doute Edward lui répondrait-il oui, comme nous tous.

Edward considérait-il le Service comme le problème plutôt que la solution ? Parce que cela arrivait parfois à Proctor. Edward craignait-il que, en l'absence de toute cohérence dans la politique étrangère du Royaume-Uni, le Service ait pris la grosse tête ? À vrai dire, cette idée avait aussi traversé l'esprit de Proctor, il le reconnaissait volontiers.

Quant à Lily, heureusement, l'horizon s'éclaircissait un peu sur ce front. La malheureuse s'était trouvé un type vraiment bien, apparemment. Si Jack faisait un jour preuve du même bon sens que Julian la veille à la ferme ou à l'instant au téléphone, Proctor serait plus que satisfait en tant que père. Et si Katie, elle-même dotée entre autres qualités d'un sens pratique solide, arrivait à se caser avec quelqu'un d'aussi réfléchi, il applaudirait des deux mains.

Si ses pensées n'étaient pas déjà auprès d'elle depuis le début, elles retournèrent alors vers Ellen et ce qui l'avait persuadée de changer d'avis pour son congé sabbatique. Était-ce vraiment le bel archéologue ? Et si oui, était-ce sa première aventure ou y en avait-il eu d'autres qu'il ignorait ? Parfois, le mariage n'était qu'une couverture.

Pour autant que Proctor ait pu ensuite en juger, tel était le cheminement de ses pensées au moment où il reçut de Billy la nouvelle inquiétante que Florian n'était toujours pas sorti. Le trajet en voiture de Silverview à Orford prenait au minimum quarante minutes, or leur rendez-vous était dans une demi-heure.

« Où est sa voiture ? demanda Proctor.
– Toujours dans l'allée. Elle y a passé la nuit.
– Mais il lui arrive d'utiliser des taxis, non ? Peut-être qu'il a fait venir un taxi à la porte de service.
– Stewart, j'ai des yeux sur sa porte d'entrée, sa porte à l'arrière, sa porte côté jardin, sa porte de service, toutes ses portes-fenêtres, ses fenêtres à l'étage et...
– Sophie est toujours là ?
– Elle n'est pas sortie.
– Et Lily ?
– À la librairie avec Sam.
– Quelqu'un est passé depuis l'arrivée de Sophie ?
– Un facteur qui sifflotait, à 11 h 10 comme tous les jours. Des prospectus, visiblement. Il a discuté avec Sophie sur le pas de la porte, et il est reparti.
– Qui est à Orford ?
– Je suis sur la place, dans le pub, à une table en vitrine dans le restaurant de poissons. Je ne suis pas sur le quai parce que tu m'as dit de ne pas y aller. Tu veux que je change ça ou on reste comme c'est ?
– On reste comme c'est. »

Proctor avait maintenant une décision à prendre et il la prit rapidement. Devait-il se joindre aux guetteurs à Silverview, caché dans la camionnette de Billy, ou partir du principe qu'Edward leur avait faussé compagnie pour se rendre à Orford par d'autres moyens ? La possibilité qu'il ait carrément décampé ne l'inquiétait guère. Quand un homme est sur le point de se voir remettre sa carte « sortie de prison », pourquoi partir au lieu de la récupérer ?

Tourner à gauche vers Orford dans cinq kilomètres. Il tourne à gauche.

Route à voie unique avec places d'évitement. Le château apparaît à sa droite. Un minibus blanc arrive dans l'autre sens. Il se range pour le laisser passer. De joyeux campeurs, sans doute envoyés par Billy, probablement une relève. Surtout ne vous approchez pas de mon quai, tous.

Il arrive sur la place, au milieu de laquelle se trouve un parking. Dans l'angle au bout à gauche, une voie d'accès au quai. Il l'emprunte en roulant au pas pour admirer les maisons de pêcheur de part et d'autre. Quelques piétons dans les deux sens, mais pas d'Edward.

Le quai s'étend devant lui et, au-delà, de petits bateaux, le cap, les embruns, la pleine mer. Se garer ou ne pas se garer ? Il se gare et, sans prendre de ticket à l'horodateur, descend au pas de course un sentier mal entretenu jusqu'au quai.

Une petite file de touristes qui attend le circuit en bateau. Un café avec terrasse. Des clients qui boivent du thé ou de la bière. Il regarde à l'intérieur par la vitrine, passe en revue les tables à l'extérieur. Si tu étais là, tu ne te cacherais pas, tu guetterais mon arrivée.

Par la porte ouverte d'un hangar à bateaux, il voit deux pêcheurs du cru qui appliquent du vernis sur un canot retourné.

« Vous n'auriez pas vu un ami à moi dans le coin ? Avon. Teddy Avon. Il vient assez souvent, à ce que je sais. »

Jamais entendu parler, mon gars.

Il retourne à sa voiture et appelle Billy. Que dalle, Stewart.

Quoi qu'il lui en coûte, Proctor le professionnel prend une mesure conservatoire et téléphone à son assistante Antonia.

« Antonia, combien de passeports avait Florian en cas de fuite imposée ?
– Attendez, je regarde... Quatre.
– Combien ont expiré ?
– Aucun.
– Et nous ne les avons pas annulés ?
– Non.
– Donc il les a renouvelés à notre insu. Génial. Faites-les tous révoquer immédiatement, y compris son vrai passeport britannique, et lancez une alerte générale dans tous les points de sortie en demandant la rétention. »

Appelle Julian. Tu aurais dû le faire plus tôt.

Le temps que Proctor passe les grilles de Silverview, Julian et Lily étaient déjà là, comme demandé. Le Land Cruiser de Julian était garé devant, et tous les deux ressortaient de la maison. Lily avait la tête baissée, et elle ne la releva pas en dépassant Proctor pour aller se rasseoir sur le siège passager de la voiture.

« Edward n'est pas là, annonça Julian d'un ton sinistre, debout face à lui. Nous avons fouillé toute la maison de la cave au grenier. Pas un mot, rien. Il a dû partir précipitamment.
– Comment ?
– Aucune idée.

– Lily a une idée, elle ?

– Je ne lui poserais pas la question maintenant, si j'étais vous. Mais non.

– Et Sophie ?

– Elle est dans la cuisine », répondit sèchement Julian avant de rejoindre Lily à bord du Land Cruiser.

La cuisine était grande et sinistre. Une planche à repasser. Une odeur de lessive. Sophie, assise dans un fauteuil en bois rembourré par des coussins en tissu écossais. Cheveux blancs frisés. Le visage d'une grand-mère de l'est de la Pologne prête à la bataille.

« Un mystère, dit-elle comme s'il lui avait fallu du temps pour trouver le mot juste. Quand je suis arrivée, Edvard était normal. Il veut du thé, je lui fais du thé. Il veut un bain, il prend un bain. Et puis arrive Julian. Julian a une lettre importante pour Edvard. Je fais glisser la lettre sous la porte. Peut-être pendant quelques minutes il la lit. C'est OK, il me crie. C'est OK. 15 heures. Dis-le à Julian. Orford, 15 heures, OK. Après son bain, il se promène dans le jardin. Edvard aime marcher. Moi je suis ici, je repasse. Je ne vois pas Edvard. Peut-être un ami lui amène une voiture et l'emmène, mais je ne l'entends pas. Edvard est tellement triste à cause de Deborah, il ne parle pas beaucoup. Sophie, il me dit, Deborah me manque dans mon cœur. Peut-être il est allé sur sa tombe. »

Garé sur une colline surplombant la ville, Proctor se blinda avant d'appeler le bureau de Battenby. Il tomba de nouveau sur son assistant, lui dit que Florian avait disparu sans signer le document et que lui-même avait pris l'initiative de faire annuler tous ses passeports y compris son passeport britannique actuel et de mettre tous les ports en alerte.

On lui passa aussitôt Teresa qui déclara sans tergiverser qu'Edward devait être considéré comme un criminel en cavale. Elle se proposa d'en informer la police et la justice immédiatement.

« Teresa, vous ne pouvez pas me donner deux heures, au cas où il s'agirait simplement d'une petite fugue ? plaida Proctor.

– Mon cul, oui ! Je vais de ce pas au Cabinet. »

Proctor rappela Billy, cette fois pour lui ordonner de déployer toute son équipe de guetteurs pour ratisser la campagne, et oui, qu'il demande une reconnaissance aérienne au besoin. S'ils retrouvaient Edward, ils devaient l'arrêter en employant la force minimale requise, mais sous aucune circonstance le remettre à la police ou à quiconque avant que Proctor ait pu lui parler.

« Il croule sous les problèmes, Billy, donc il se donne un peu de temps, mais il va retrouver ses esprits. »

Y croyait-il lui-même ? Il n'en savait rien. Il était à présent 17 heures. Le crépuscule approchait. Rien d'autre à faire qu'attendre. Et appeler Julian de temps en temps. Lily ou lui auraient peut-être des nouvelles.

Dans le café Gulliver, le plus petit bruit résonnait comme une détonation. Après une session très active à l'aire de jeux, Sam dormait profondément dans sa poussette. Lily était assise sur son tabouret de bar habituel, tantôt la tête entre les mains, tantôt les yeux rivés sur son portable dans l'espoir qu'il sonne. Ou encore, elle allait à la fenêtre au cas improbable où elle verrait passer dans la rue Edward avec son feutre et son imperméable camel. Deux fois au cours de l'heure écoulée, Proctor avait téléphoné pour savoir s'ils avaient des nouvelles. Et là, il rappelait une troisième fois.

« Dis-lui d'aller se faire voir », lança Lily à Julian par-dessus son épaule.

Dans son état de stress, elle ne jurait même plus.

Elle allait retourner à sa contemplation quand Matthew apparut à la porte pour dire que le P'tit Andy, le facteur, venait de finir sa tournée et attendait Lily en bas dans la réserve pour lui parler concernant une affaire personnelle.

Lily prit son portable et suivit Matthew dans l'escalier. Le P'tit Andy, qui mesurait plus d'un mètre quatre-vingt-dix, portait un jean au lieu de son uniforme. Comme elle le raconta par la suite à Julian, elle songea que s'il venait de finir sa tournée, il avait dû se changer très vite. Ceci ne fit qu'ajouter à son appréhension. Elle remarqua aussi qu'Andy s'était dispensé de ses habituelles salutations joviales.

« C'est la pire chose qu'on puisse faire, Lily, commença-t-il en démarrant au milieu plutôt qu'au début. Transporter un passager clandestin, c'est direct la porte si on se fait choper. »

Ce qui inquiétait vraiment Andy, c'était l'état de santé de M. Avon, enfin oui, Teddy, qui s'était faufilé dans sa fourgonnette comme ça et qui avait surgi dans son dos comme un diable sort de sa boîte en disant désolé, Andy, comme si c'était une blague. Si Sophie n'avait pas proposé à Andy cette tasse de thé, jamais Teddy n'aurait pu s'introduire dans sa fourgonnette, déjà. Comment il y était arrivé, vu sa grande taille, Andy ne le savait pas.

Julian avait rejoint Lily et écoutait avec elle le récit d'Andy.

« Teddy, je lui dis, descendez de là. Sortez, un point c'est tout. Et là il me raconte que sa belle-sœur va arriver d'un instant à l'autre à Silverview et qu'il ne la supporte pas, sauf le respect que je dois à votre tante, Lily. Et puis il a perdu sa clé de voiture, alors il n'a pas le choix. Monsieur Avon, je lui dis (je ne l'ai pas appelé Teddy), je me fiche de qui vous êtes, mais si vous ne sortez pas à cet instant de ma fourgonnette, j'appuie sur mon alarme et vous serez cuit et sans doute moi avec.

– Alors, vous avez appuyé ou pas ? demanda Lily d'une voix qui parut à Julian moins perturbée qu'il ne l'aurait cru.

– C'était à deux doigts, je ne vous le cache pas, Lily. Bon, Andy, qu'il me dit, calmez-vous. Je comprends parfaitement et c'est tout à fait normal – vous savez comment il peut être quand il veut –, donc juste lâchez-moi au prochain virage après le garage, là où on ne peut pas nous voir, et après je m'en irai à pied et personne n'en saura rien et voilà un billet de dix pour vous. Je n'ai pas accepté son billet. Mais il ne me semblait pas en bon état, Lily. Enfin, qui le serait, après la disparition de Deborah comme ça ? Mais si jamais ça se sait...

– À pied jusqu'où ? l'interrompit Lily du même ton légèrement impérieux.

– Il ne me l'a pas dit, Lily, et je n'ai pas eu le temps de le lui demander. Il est descendu si vite, vous ne l'auriez pas cru. Tout ce qu'il m'a dit c'est qu'il voulait s'éloigner le plus possible de votre tante, sauf son respect. Et puis après, j'y suis retourné.

– Retourné où ? répéta Lily.

– Jeter un œil à l'endroit où je l'avais laissé, pour voir s'il allait bien. Il aurait pu tomber ou avoir un souci, vu

son âge. Mais entre-temps, il avait fait du stop. Littéralement quelques secondes après, il avait été pris.

– Par qui ? demanda Julian, cette fois-ci, alors que Lily
lui serrait fort la main.

– Une petite Peugeot noire, assez propre. C'est
incroyable que des gens prennent des autostoppeurs, dans
le coin, mais voilà.

– Vous avez vu le conducteur, Andy ? fit Lily.

– Juste de dos, quand ils sont repartis. Avec Edward à
l'avant, ce qui est plus prudent quand on ne connaît pas
les gens, à ce qu'il paraît.

– Homme ou femme ?

– Impossible à dire, Lily, vu comment les gens se
coiffent, de nos jours.

– Et la plaque ? demanda Julian.

– Pas d'ici, c'est tout ce que je sais. Et je ne connais
personne avec une Peugeot noire dans le coin, de toute
façon. Donc où est-ce qu'il l'a emmené ? Et tout ça à cause
de votre tante, Lily. Ça n'a pas de sens. Et qui sait par qui
il s'est fait prendre ? Ça pourrait être n'importe qui. »

En le remerciant profusément et en lui promettant
d'appeler la police et les hôpitaux seulement si nécessaire et sans mentionner son nom, Julian le raccompagna
à la porte. Quand il remonta, il trouva Lily non pas au
Gulliver, mais debout face à la baie vitrée de son salon,
à regarder la mer.

« Dis-moi juste ce que tu veux que je fasse, Lily.
J'appelle Proctor tout de suite ou je ne dis rien et on espère
qu'Edward va venir ici ? »

Pas de réponse.

« S'il va vraiment mal, il vaut peut-être mieux que Proctor le trouve et qu'il le fasse aider.

– Il ne le trouvera pas, affirma-t-elle en se retournant pour lui révéler un visage transformé, si satisfait, voire radieux, qu'il eut peur pour elle un instant. Il est parti retrouver sa Salma. Et c'est le dernier secret que je ne te révèlerai pas. »

Postface

Me voici dans la situation du chien proverbial qui regarde un évêque, et qui doit en outre écrire quelque chose de sensé sur l'homme et son œuvre. Dans mon adolescence, cette tâche m'aurait été aisée. J'adorais la saga Smiley contre Karla, et notamment la version audio de *La Taupe*, lue en anglais par Michael Jayston, que j'ai écoutée et réécoutée sur mon gros magnétophone à cassettes JVC jusqu'à pouvoir en réciter des passages entiers en imitant ses inflexions de voix. « J'ai une histoire à vous raconter. Une histoire pleine d'espions. Et si elle est vraie, comme je le pense, alors vous allez avoir besoin de réorganiser complètement votre service, les amis. » Je vous aurais dit (et je pourrais toujours vous le dire aujourd'hui) que David John Moore Cornwell, mieux connu sous son pseudonyme de John le Carré, était non seulement un père formidable, mais un raconteur d'histoires éblouissant et unique en son genre.

L'hiver 2020-2021 a été douloureux. Début décembre, je suis allé chez mes parents en Cornouailles pour veiller sur ma mère, dont le cancer ne plaisantait plus, à ce stade, pendant que mon père était à l'hôpital avec une suspicion de pneumonie. Quelques soirs plus tard, je me suis accroupi au chevet de ma mère dans ce même hôpital pour lui apprendre que Papa n'avait pas survécu. Nous avons pleuré ensemble, puis je suis retourné chez eux pour contempler la pluie qui tombait sur l'océan.

J'ai eu (et j'ai encore) beaucoup de chance. Quand mon père est décédé, nous n'avions rien en suspens entre nous, pas de paroles blessantes ni de conflits non résolus, pas de doutes, pas de soupçons. Je l'aimais, il m'aimait, nous nous connaissions bien, nous étions fiers l'un de l'autre, nous acceptions nos défauts respectifs et nous nous amusions beaucoup ensemble. Que demander de plus ?

Sauf que je lui avais fait une promesse. Je ne l'avais pas faite à la légère, mais elle remontait à un été métaphorique, je ne sais plus trop en quelle année. Nous marchions sur Hampstead Heath. Lui aussi avait un cancer, mais un de ces cancers avec lesquels on meurt plutôt que dont on meurt. Il m'a demandé de m'engager, et je l'ai fait : S'il venait à disparaître en laissant une histoire inachevée sur son bureau, accepterais-je de la terminer ?

J'ai dit oui. Je ne vois pas comment j'aurais pu refuser. D'un écrivain à un autre écrivain, d'un père à son fils : « Quand je ne pourrai plus continuer, reprendras-tu le flambeau ? » Bien sûr qu'on dit oui.

Et donc, en contemplant le vaste océan d'encre en ce soir funeste en Cornouailles, je me suis souvenu de *L'Espion qui aimait les livres*.

Sans l'avoir lu, je connaissais son existence. Ce n'était pas un roman inachevé, mais un roman non publié. Retravaillé encore et encore. Commencé juste après *Une vérité si délicate*, que je considère comme l'essence même de son œuvre, un cocktail parfaitement dosé de talent de plume, d'intelligence, de passion et de narration. *L'Espion qui aimait les livres*, lui, avait été écrit, mais jamais finalisé. Un roman et une promesse non consommés.

Était-il mauvais, peut-être ? Cela peut arriver à n'importe quel auteur. Et s'il l'était, pouvait-il être sauvé ? Et si oui, pouvait-il l'être par moi ? Comme mon père, j'ai des talents d'imitateur. Mais les déployer à une si large échelle, prendre sa voix sur trois cents feuillets si le livre le nécessitait, était-ce même envisageable ? Souhaitable ?

Je l'ai lu avec une perplexité croissante car il était d'une qualité redoutable. Il comportait certes quelques petits défauts typiques de l'étape du tapuscrit (des répétitions, des maladresses techniques, un paragraphe un peu obscur par-ci par-là), mais il était plus abouti que d'ordinaire pour un texte n'ayant pas encore atteint le stade des épreuves et, comme *Une vérité si délicate*, il faisait magnifiquement écho à ses écrits antérieurs, avec le recul de la maturité, tout en restant une œuvre singulière ayant son propre pouvoir d'émotion et ses propres thématiques. Qu'est-ce qui avait retenu mon père ? Pourquoi ce texte était-il resté dans son tiroir de bureau, pour en être ressorti et retravaillé, puis de nouveau mis au rebut jusqu'à aujourd'hui ? Qu'étais-je censé rectifier, au juste ? Fallait-il que je peigne des sourcils sur cette *Joconde* ?

Les rares fois où j'avais envisagé ce moment et le rôle qui serait le mien, je m'étais imaginé un livre écrit aux trois quarts, avec des notes détaillées sur la fin et peut-être des pages déjà rédigées à y intégrer, si bien que ma tâche serait une espèce de tricotage syncrétique. En fait, pas du tout. Je n'ai eu à effectuer qu'une simple relecture, aussi furtive qu'un contact entre deux clandestins, pour arriver à la version que vous tenez entre vos mains. Ce livre est du pur le Carré dans sa quasi-totalité, et si vous lui trouvez quelques défauts, ils me sont entièrement imputables.

Alors, une fois de plus, pourquoi ? Pourquoi ce livre arrive-t-il seulement maintenant en librairie ?

J'ai ma petite théorie, qui ne repose sur rien d'autre que mon intuition et restera à jamais impossible à prouver. Les sévères arbitres de la vérification qui recoupent toujours les informations au sein du Cirque créé par mon père me pendraient haut et court pour vous l'avoir soumise telle quelle. Et pourtant, comme dirait le personnage de Ricky Tarr, j'ai le sentiment qu'elle est vraie.

Il y a un seul point sur lequel mon père se montrait inflexible : il se refusait à évoquer les vieux secrets jaunis et légèrement moisis de l'époque où il avait travaillé dans les services de renseignement. Il ne mentionnait jamais aucun nom et ne révélait jamais aucun épisode de cette période, même à ceux de ses proches auxquels il accordait toute sa confiance. Je ne sais rien à ce sujet qui ne soit pas déjà de notoriété publique. Depuis son départ du Secret Intelligence Service dans les années 1960, il était resté fidèle aux promesses qu'il lui avait faites et qu'il s'était faites à lui-même. S'il y avait bien quelque chose qui l'offensait profondément, c'était que certains officiers supérieurs des services secrets actuels, irrités par ses saillies contre la politisation du travail de renseignement, puissent insinuer qu'il avait trahi ses anciens collègues par action ou omission. Ce n'est aucunement le cas, et d'ailleurs ces anciens collègues l'ont régulièrement approché impromptu dans les rayons d'une librairie ou sur une route de campagne le temps d'une rencontre fortuite juste assez longue pour leur permettre de lui signifier qu'ils le savaient très bien.

Or *L'Espion qui aimait les livres* présente une caractéristique inédite pour un roman de le Carré : il décrit un service divisé entre plusieurs factions politiques, pas toujours bienveillant envers ceux qu'il devrait protéger, pas toujours très efficace ou attentif, et en fin de compte, plus très sûr d'arriver à se justifier lui-même. Dans *L'Espion qui aimait les livres*, les espions britanniques ont, comme beaucoup d'entre nous, perdu leurs certitudes sur ce que représente leur pays et sur leur identité véritable. À l'instar de Karla dans *Les Gens de Smiley*, notre camp doit le reconnaître : l'humanité des services de renseignement n'est pas à la hauteur de la tâche, et ceci nous interroge sur le fait que cette tâche en vaille même la peine.

Je crois qu'il n'a pas su se résoudre à le dire tout haut. Je crois que, consciemment ou non, il renâclait à l'idée d'être le héraut de ces révélations sur l'institution qui l'avait recueilli quand il était un chien perdu sans collier au mitan du XXe siècle. Je crois qu'il a écrit un livre magnifique mais que, à ses yeux, il tapait trop près de la cible – plus il le travaillait, plus il l'améliorait, et plus cela devenait évident. CQFD.

Vous pouvez vous faire votre propre opinion, qui sera aussi valable que la mienne, mais voilà ce que je crois.

Mon père habite ces pages, essayant comme il l'a toujours fait de dire la vérité, de trousser une belle histoire et de vous révéler le monde.

Nick Cornwell
Juin 2021

Nick Cornwell est le plus jeune fils de John le Carré. Il est romancier, sous le pseudonyme de Nick Harkaway.

Du même auteur

AUX ÉDITIONS DU SEUIL

Notre jeu, *1996*
et « *Points* », *n° P330*

Le Tailleur de Panamá, *1997*
et « *Points* », *n° P563*

Single & Single, *1999*
et « *Points* », *n° P776*

La Taupe, *2001*
nouvelle édition
et « *Points* », *n° P921*

Comme un collégien, *2001*
nouvelle édition
et « *Points* », *n° P922*

Les Gens de Smiley, *2001*
nouvelle édition
et « *Points* », *n° P923*

Un pur espion, *2001*
nouvelle édition
et « *Points* », *n° P996*

La Constance du jardinier, *2001*
et « *Points* », *n° P1024*

Le Directeur de nuit, *2003*
nouvelle édition
et « *Points* », *n° P2429*

La Maison Russie, *2003*
nouvelle édition
et « Points », n° P1130

Un amant naïf et sentimental, *2003*
nouvelle édition
et « Points », n° P1276

Le Miroir aux espions, *2004*
nouvelle édition
et « Points », n° P1475

Une amitié absolue, *2004*
et « Points », n° P1326

Une petite ville en Allemagne, *2005*
nouvelle édition
et « Points », n° P1474

Le Chant de la Mission, *2007*
et « Points », n° P2028

Un homme très recherché, *2009*
et « Points », n° P2227

Un traître à notre goût, *2011*
et « Points », n° P2815
sous le titre Un traître idéal

Une vérité si délicate, *2013*
et « Points », n° P3339

Le Tunnel aux pigeons. Histoires de ma vie, *2016*
et « Points », n° P4682

L'Héritage des espions, *2018*
et « Points », n° P4957

Retour de service, *2020*
et « *Points* », n° *P5372*

AUX ÉDITIONS GALLIMARD

Chandelles noires, *1963*
L'Espion qui venait du froid, *1964*
L'Appel du mort, *1973*

AUX ÉDITIONS ROBERT LAFFONT

Le Voyageur secret, *1991*
Une paix insoutenable (essai), *1991*
Le Directeur de nuit, *1993*

et en collection Bouquins

tome 1

L'Appel du mort
Chandelles noires
L'Espion qui venait du froid
Le Miroir aux espions
La Taupe
Comme un collégien

tome 2

Les Gens de Smiley
Une petite ville en Allemagne
La Petite Fille au tambour
Le Bout du voyage (théâtre)

tome 3

Un amant naïf et sentimental
Un pur espion
Le Directeur de nuit

RÉALISATION : NORD COMPO À VILLENEUVE-D'ASCQ
ACHEVÉ D'IMPRIMER SUR ROTO-PAGE
PAR L'IMPRIMERIE FLOCH À MAYENNE
DÉPÔT LÉGAL : OCTOBRE 2022. N° 150842 (101045)
Imprimé en France